U0896826

会讲故事的童书

诗词里的中国故事 3

山水田园篇

瞳木 著

文化发展出版社
Cultural Development Press
·北 京·

图书在版编目（CIP）数据

诗词里的中国故事. 3，山水田园篇 / 瞳木著
. —北京 ：文化发展出版社，2023.12
ISBN 978-7-5142-3949-2

Ⅰ. ①诗… Ⅱ. ①瞳… Ⅲ. ①古典诗歌－诗歌欣赏－
中国 Ⅳ. ①I207.22

中国国家版本馆CIP数据核字(2023)第211158号

诗词里的中国故事. 3 山水田园篇

著　　者：瞳　木

出 版 人：宋　娜　　　　　责任印制：杨　骏
责任编辑：孙豆豆　　　　　责任校对：岳智勇
特约编辑：胡　峰　何江铭　封面设计：李果果
出版发行：文化发展出版社（北京市翠微路2号 邮编：100036）
网　　址：www.wenhuafazhan.com
经　　销：全国新华书店
印　　刷：河北朗祥印刷有限公司

开　　本：880mm×1230mm　1/16
字　　数：100千字
印　　张：10
版　　次：2023年12月第1版
印　　次：2023年12月第1次印刷

定　　价：198.00元（全4册）
I S B N：978-7-5142-3949-2

目录

辑一

会当凌绝顶，一览众山小

辑 二

日出江花红胜火，春来江水绿如蓝

辑 三

西塞山前白鹭飞，桃花流水鳜鱼肥

辑 四

童孙未解供耕织，也傍桑阴学种瓜

会当凌绝顶，一览众山小

江南

汉 · 汉乐府

江南可[1]采莲，莲叶何田田[2]。鱼戏莲叶间。
鱼戏莲叶东，鱼戏莲叶西，鱼戏莲叶南，鱼戏莲叶北。

注音注释

① 可：适宜，正好。

② 田田：荷叶茂盛的样子。

原文翻译

江南又到了适宜采莲的季节了，莲叶十分茂盛。鱼儿在莲叶之间嬉戏玩耍，一会儿游到东边，一会儿游到西边，一会儿游到南边，一会儿游到北边。

江南采莲图

清晨，太阳从东方冉冉升起，阳光轻柔地洒在荷塘间，唤醒了一池莲叶，以及睡眼惺忪的鱼儿。

水面上铺满了一张张硕大的莲叶，翠绿、墨绿、深绿，颜色不一，光滑油亮，就像一块块翡翠。它们挨挨挤挤，有的浮在水面上，像是一个个碧绿的圆盘；有的高高挺立，像是一把把插在水中的大伞；有的出水打卷，犹如亭亭玉立的少女的舞裙……

风儿吹过，莲叶似一层层绿浪涌动着。一阵银铃般的笑声从莲叶间传来，几只青蛙受到惊吓掉进水里，溅起的水珠在莲叶上滚来滚去，然后落入水中消失不见。原来，又到了采莲的季节，一群群少女划着轻舟在莲叶间穿梭，挑选着自己心仪的莲蓬。

“呀，这里有好多鱼啊！”一个少女咯咯地笑着，摘下一片荷叶放入水中拨弄着。只见一群群鱼儿在水中嬉戏玩耍，一会儿游到东边，一会儿游到西边，一会儿游到南边，一会儿游到北边，有趣极了。

这时，一群少年也泛着轻舟前来采莲，少女们见状，便划着船儿在莲叶间躲藏。少年们哈哈大笑，追逐着她们的轻盈身影。采莲人划着小船在莲叶间穿行，互相追逐嬉戏，宛如鱼儿在水中游动。

莲叶下是自由自在、欢快戏耍的鱼儿，莲叶间穿梭着采莲人轻盈的身影，空气中飘荡着俊男美女的欢声笑语，共同构成了一幅生动美丽的江南美景图。

汉乐府

汉乐府最开始是汉代的一个部门，掌管采诗制乐之事，后专指汉代的乐府诗。汉武帝开始扩建乐府，使其负责郊祀、朝会、宴飨、巡行时使用的音乐，同时负责收集民间歌谣，便于统治者了解民风民俗。将这些歌谣融入乐府的配曲中，就形成了乐府诗。

“莲”与爱情

莲花因其水生尤显洁净、高贵，加之“莲”谐音“怜”，所以人们经常将其作为美好爱情的象征；而莲的果实——莲子被赋予了“多子”的意义，因此，人们以莲来象征子孙繁衍。

写作小技巧

诗中没有一字是写人的，但是我们又仿佛身临其境，感受到了青春与活力。“戏”字写鱼在水中的欢乐神态，可让人想象到采莲人划着小船在莲叶间穿行，划船动作娴熟、身姿轻盈。正面写鱼而侧面写人，是一种十分巧妙的写作手法。

观沧海

汉 · 曹操

东临①碣石②，以观沧海。
水何澹澹③，山岛竦峙④。
树木丛生，百草丰茂。
秋风萧瑟，洪波涌起。
日月之行，若出其中；
星汉⑤灿烂，若出其里。
幸⑥甚至⑦哉，歌以咏志。

注音注释

① 临：登上，游览。

② 碣（jié）石：山名。

③ 澹（dàn）澹：水波荡漾的样子。

④ 竦峙（sǒng zhì）：耸立。

⑤ 星汉：银河。

⑥ 幸：庆幸。

⑦ 至：极点。

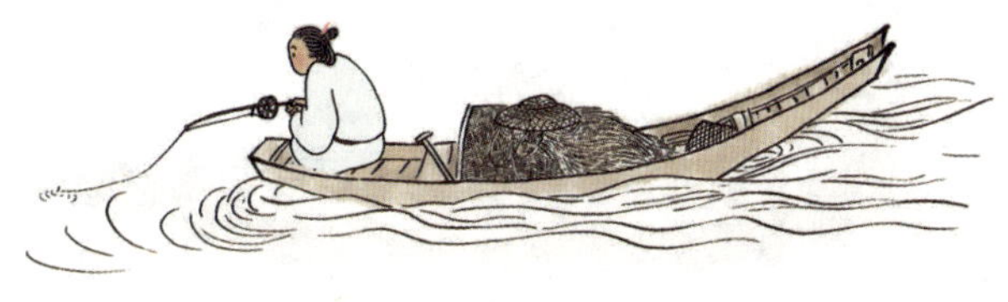

原文翻译

东行登上碣石山，观赏苍茫的大海，海水多么浩荡，海中山岛高耸。周围树木葱茏，百草茂盛。萧瑟的秋风吹过，海中巨浪翻涌。升起降落的太阳、月亮以及银河里的璀璨群星，都好像是从海洋中涌现出来的。太值得庆幸了，就用诗歌来表达心志吧！

曹操观沧海

东汉末年，天下大乱，曹操以汉天子的名义征讨四方。北方游牧民族乌桓是曹操一统天下的心头大患，公元 206 年，乌桓攻破幽州，俘虏了汉民十余万户，人民身处水深火热之中。同年，袁绍的儿子袁尚和袁熙又勾结辽西乌桓首领蹋顿，屡次骚扰边境，曹操感受到危机四伏，便决定北上征伐乌桓。

公元 207 年，曹操亲自带领大军北上，征伐乌桓取得了决定性胜利。得胜回师途中，曹操经过碣石山，便登上碣石山顶，居高临海，饱览大自然的壮阔景象。

登上山顶后，曹操只觉得视野辽阔，大海的壮阔景象尽收眼底。突兀耸立的山岛点缀在宽阔的海面上，水波浩荡，阵阵波涛翻涌起白色的浪花。虽然此时秋风萧瑟，但岛上树木繁茂，曹操呼吸着新鲜空气，感到整个人都心潮澎湃起来。

曹操仿佛看到大海吞吐着日月星辰，包罗着世间万物，而自己拥有博大的胸襟，亦能大展宏图，建功立业，把天下尽收怀中。

曹操想起北伐乌桓的胜利，更加坚定了称霸天下的信念。海浪越来越大，从远处传来“隆隆”的响声，好像千军万马浩浩荡荡地飞奔而来……

作者

曹操（155—220），字孟德，小字阿瞒，沛国谯县（今安徽省亳州市）人。东汉末年杰出的政治家、军事家和诗人，三国鼎立后，晋封魏王。曹操能文善武，善诗歌，通兵法，是建安文学的开创者和推动者。

渤海

渤海在古代有“北海”之称，在我国海域中位于最北端。其被华北平原、辽东半岛和山东半岛环绕，东部与黄海相连，整片海域就像是一个斜置的葫芦。

写作小技巧

“日月之行，若出其中；星汉灿烂，若出其里”的联想，暗含诗人要像大海容纳万物一样把天下纳入自己掌中的胸襟。在观赏壮阔景物时，可以通过联想和想象抒发自己博大的胸怀。

敕勒[1]歌

南北朝 · 乐府诗集

敕勒川[2]，阴山下。
天似穹庐[3]，笼盖四野。
天苍苍，野茫茫，风吹草低见[4]牛羊。

注音注释

① 敕勒（chì lè）：古族名，北齐时居住在朔州（今山西省北部）一带。著名的《敕勒歌》是北齐时敕勒人的牧歌，后被翻译成汉语。

② 川：平川、平原。

③ 穹庐（qióng lú）：用毡布搭成的帐篷，如蒙古包。

④ 见（xiàn）：同“现”，显露。

原文翻译

辽阔的敕勒大平原，就在阴山脚下。天空如毡制的圆顶大帐篷，笼罩着草原。天空苍茫，草原无边无际。风儿吹过，牧草起伏，一群群的牛羊时隐时现。

风吹草低见牛羊

山脚下的草原风景旖旎，琥珀色的阳光暖暖地洒在大地上，一碧万顷的草地铺开绿绸般的绒毯，延绵到远处的地平线，就像是一幅巨大的画卷铺展在天地间。

环顾四野，蔚蓝的天空就像硕大无比的圆顶毡帐将整个大草原笼罩起来，草原无边无际，一片苍茫。整个世界突然变得纯粹而安静，仿佛只剩下这满目苍绿，让人的心情格外平静。

一阵风吹过，草浪一波一波地荡漾开去，露出了在草原上活动的马儿和牛羊的身影。五颜六色的小花点缀在绿毯之上，珍珠般洁白的羊群仿佛一朵朵飘逸的云，在草原上流动，一会儿爬上小丘，一会儿又奔涌下来。而黄牛、花牛、黑马像给无边的绿毯绣上了彩色的花朵，别有一番情趣。

“咩——”一只羊冲着天空叫了一声，其他羊也纷纷应和，羊群的叫声划破蓝天，回荡在草原上，与“哞哞”的牛叫声和“咴咴”的马鸣声共同奏响了一首动人的草原牧歌。整个草原生机勃勃，连那穹庐似的天空也为之生色。

一位敕勒人深深陶醉在这草原美景中，他迸发出了无限的灵感，写下了一首《敕勒歌》。他轻轻哼唱着，优美的歌声久久回荡在草原的上空……

乐府诗集

《乐府诗集》由宋代郭茂倩（1041—1099）所编，共收录了 5000 多首从汉魏到唐、五代的乐府歌辞以及先秦至唐末时期的歌谣，其中就包括著名的民歌《木兰诗》。

中国四大草原

中国是世界上草原资源最丰富的国家之一，草原主要分布于从完达山到青藏高原东麓的广大地区。我国最著名的四大草原分别是：内蒙

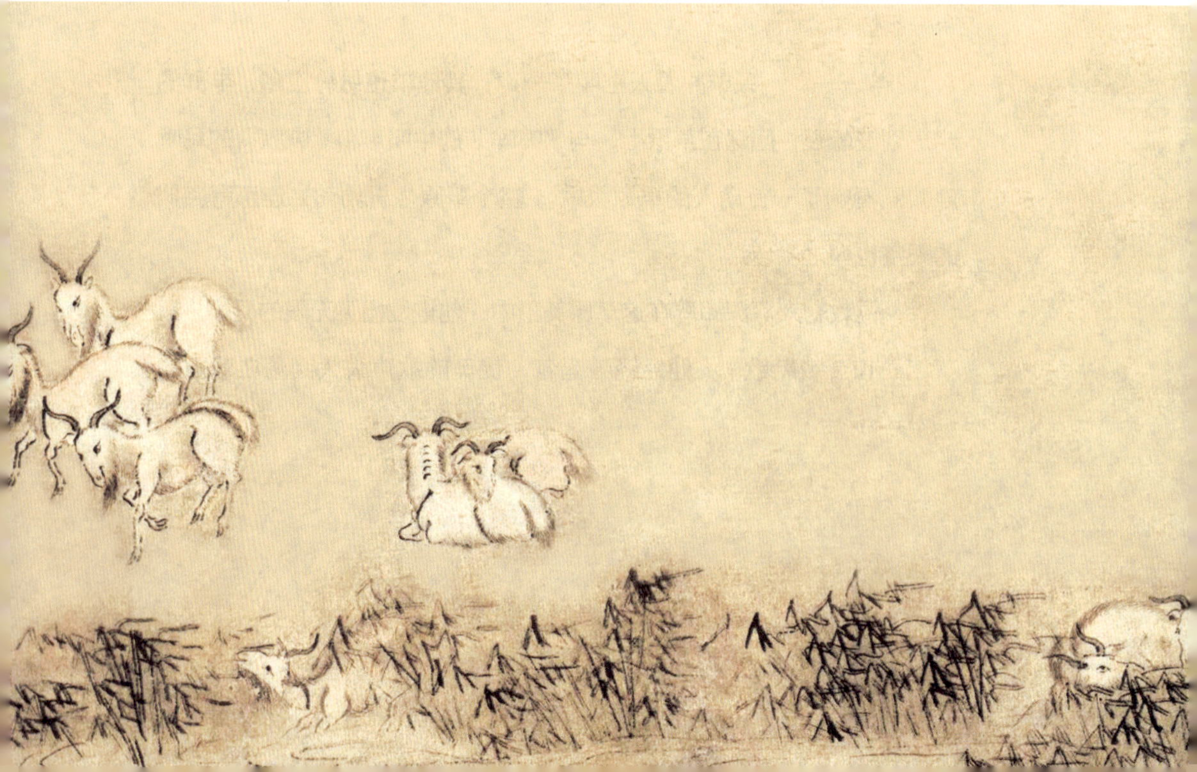

古呼伦贝尔大草原、内蒙古锡林郭勒大草原、新疆伊犁草原、西藏那曲高寒草原。四大草原水草丰茂，牛羊成群，风光优美，景色宜人。

写作小技巧

动静结合是一种重要的写作手法。在一种意境里描写动态与静态时，多以静为主、以动衬静，使文章更加活泼生动。比如《敕勒歌》中的“风吹草低”，为诗歌增添了不少情趣。

早发[①]白帝城[②]

唐 · 李白

朝辞白帝彩云间，千里江陵[③]一日还[④]。
两岸猿声啼不住，轻舟已过万重山。

注音注释

① 发：启程。

② 白帝城：在今重庆市奉节县白帝山上。

③ 江陵：今湖北省荆州市一带。从白帝城到江陵约六百千米，其中有二百千米属于三峡段。

④ 还：返回。

原文翻译

清晨告别彩云映照中的白帝城，千里之外的江陵一天就可以到达。两岸猿声还在耳边不停地回响，轻快的小舟已驶过万重山峦。

轻舟已过万重山

清晨，李白告别了白帝城，迎着灿烂的朝阳，坐着小船向着江陵出发。他回望五彩云霞之上的白帝城，以前的种种经历恍如隔世，心中百感交集。

安史之乱爆发后，李白避居庐山，他既想远离尘世浮沉，又想为国效力，内心十分矛盾。永王李璘的大军正好东下，永王非常欣赏李白的才华，便邀李白下山入幕府。李白觉得自己报国的机会又来了，便高兴地跟着永王下山了。

永王李璘是唐玄宗的第十六子，少年丧母，由其兄长李亨也就是后来的唐肃宗抚养长大。但肃宗自立为帝后，便开始排挤永王，以永王在没有接到命令的情况下擅自率水师东巡为由，判定他意图谋反，将其贬为庶人，而李白也因此被判流放夜郎。

夜郎地处偏远地区，很多人有去无回，只能在那里度过孤独凄惨的晚年。李白心情沉重地坐在船上，思索着悲惨的人生，本想报效祖国，怎奈落得如此下场！然而，正所谓天无绝人之路，当他行至巫山的时候，肃宗宣布大赦。李白听到赦免的消息后惊喜交加，立刻从白帝城东下，返回江陵。

他乘坐轻舟行驶在江上，两岸的猿猴不停地啼鸣，似乎在祝贺他。轻舟如脱弦之箭、顺流直下，不知不觉已经驶过了千万重青山，李白心情也如出笼的鸟儿一般愉悦。他在心中呐喊道：“江陵，我来了——”

白帝城

相传为西汉末年王莽新政时期手下大将公孙述所建。其时公孙述割据四川，某日来到瞿塘峡，听闻城中有一白鹤井，井中常冒出形似白龙的雾气。于是，他故弄玄虚，自称白帝，在此建都，并称所建城池为“白帝城”。

写作小技巧

本来猿声悲婉，但诗人归心似箭，没有在意，在此起彼伏的叫声中，小船已掠过了崇山峻岭。当写到专注某一件事或者内心急切地期待某件事时，可以写外界一切声音都不能影响自己。

使至塞上[1]

唐 · 王维

单车欲问边[2]，属国过居延。
征蓬[3]出汉塞，归雁入胡天。
大漠孤烟直，长河落日圆。
萧关逢候骑[4]，都护[5]在燕然[6]。

注音注释

① 使至塞上：奉命出使边塞。

② 问边：慰问守卫边疆的士兵、军官。

③ 征蓬：随风而飞的蓬草，指作者自己。

④ 候骑：负责侦察、巡逻的骑兵。

⑤ 都护：这里指前线统帅。

⑥ 燕然：燕然山。这里代指前线。

原文翻译

轻车简从地将要去慰问边关士兵，要到西北边塞的居延。像随风而去的蓬草一样出临边塞，北归大雁正在天空中飞翔。浩瀚沙漠中孤烟直上云霄，黄河边上落日浑圆。到萧关时遇到侦察骑兵，得知主帅还在前线。

大美边塞好风光

唐朝时期，吐蕃与大唐战争不断。公元736年，吐蕃发兵攻打唐属国小勃律（在今克什米尔北）。公元737年春，河西节度副使崔希逸在青涤西大破吐蕃军，杀伤斩获甚重。

唐玄宗十分高兴，命王维以监察御史的身份出使凉州，出塞宣慰、察访军情，并任他为河西节度使判官。王维看到有同僚前来祝贺、安慰、送别自己，内心泛起一丝苦涩——大家表面上笑意盈盈，可哪有几个是真心对待自己的？这次出塞，无非是有小人想把自己排挤出朝廷罢了！

王维简单收拾了下行李，轻车简从地向着边关出发了。他感到自己像随风而去的蓬草一样漂泊无依，心情有些低落。不过，想起大唐打了胜仗，王维的心情又好了很多。刚好去看看塞外的风光！

越接近边塞，景色越是荒凉。在空旷的大地上，王维远远就看到了烽火台燃起的那一股浓烟，冲天的狼烟是那样坚毅，仿佛昭示着将士必胜的信念。横贯沙漠的河流蜿蜒地向着远方流去，天边落日浑圆，余晖照在大地上，景象壮观极了。

到萧关时，王维遇到了侦察骑兵，说明身份后，骑兵向他汇报说："主帅尚在前线未归。"王维心中不禁感慨道："这些为国征战的将士，真是太令人敬佩了！"

百科小贴士

作者

王维，字摩诘，号摩诘居士，有“诗佛”之称。今存诗400余首，重要诗作有《相思》《山居秋暝》等。苏轼评价王维道：“味摩诘之诗，诗中有画；观摩诘之画，画中有诗。”

狼烟

相传，古代边防士兵发现敌情时，就会以狼粪为燃料生烟报警。其实，狼烟之名并非因此而来，而是与古代入侵中原的匈奴、突厥、吐蕃等少数民族崇尚狼图腾有关。在古代，中原人称这些少数民族军队为“狼兵”，称其领袖为“狼主”。因此，当他们入侵中原时，士兵为报警而燃起的烽火信号就被称作“狼烟”。

写作小技巧

在“征蓬出汉塞，归雁入胡天”两句中，诗人以“蓬”“雁”自比，说自己像随风而去的蓬草一样出临“汉塞”，像北飞的“归雁”一样进入“胡天”。如果要在文章中形容漂泊孤寂的人，也可以用“浮萍”“柳絮”等事物，可使形象更加生动。

望洞庭

唐 · 刘禹锡

湖光秋月两相和，潭面无风镜未磨。
遥望洞庭山①水翠，白银盘②里一青螺③。

注音注释

① 山：指洞庭湖中的君山。

② 白银盘：平静而又清澈的洞庭湖面像白银盘。

③ 青螺：形容洞庭湖中的君山像一枚青螺。

原文翻译

洞庭湖水色与月光交相辉映，湖面没有风，犹如未磨的铜镜。远远眺望洞庭湖，山水苍翠，好像是白银盘里托着一枚青螺。

洞庭湖的绝美秋色

唐长庆四年（824）秋，刘禹锡赴任和州刺史，一路上欣赏着山水风景，经过洞庭湖的时候刚好是晚上，他不由得驻足停留，稍作休息，顺便一睹洞庭湖的风采。

秋夜明月的清辉遍洒湖面，澄澈的湖水与月光交相辉映，那水天一色的画面让刘禹锡眼前一亮。湖面平静无风，犹如铜镜一般光滑，又有一种缥缈、朦胧的美，刘禹锡看着如盘如镜的水面，不禁发起了呆。

多年前，素有改革弊政之志的刘禹锡被任为屯田员外郎，判度支盐铁案，参与对国家财政的管理，和柳宗元一道开展大刀阔斧的改革。但由于改革触犯了藩镇、宦官和大官僚们的利益，在保守势力的联合反扑下，刘禹锡与柳宗元等八人接连被贬，从此开始颠沛流离的人生。

不过，刘禹锡想得开、看得开，在被贬途中也不忘游山玩水。他远远望去，只见在皓月银辉之下，洞庭山愈显青翠，洞庭水愈显清澈，那水比白银盘还要剔透，那山点缀其中，正如被托着的一枚小小的青螺，山水交融，这是一幅多么美丽的洞庭山水图啊！

此时此刻，刘禹锡的胸怀十分开阔，虽然自己历经坎坷，可他早已看淡了一切。面对如此美丽的山水画卷，刘禹锡心想：这千里洞庭，不过是妆楼奁镜、案上杯盘而已嘛！

作者

刘禹锡（772—842），字梦得，唐朝文学家、哲学家，有“诗豪”之称。他在政治上主张革新，是王叔文派政治革新活动的中心人物之一。后来“永贞革新”失败，他被贬为朗州（今湖南省常德市）司马。

洞庭湖

洞庭湖位于长江中游，处荆江南岸，自古声名远播，有“八百里洞庭”“云梦泽”、九江和重湖等别称。洞庭湖农业发达，是湖南省乃至全国最重要的粮油、水产和养殖基地，被称作“鱼米之乡”。

写作小技巧

作者善用比喻的修辞手法，将洞庭湖比作铜镜和白银盘，把洞庭湖中的君山比作白银盘里的一枚青螺，展现出了博大的胸襟。作文中写“风平浪静”时，最常用的便是“水面如光滑的镜子一般平静”。

望洞庭湖赠张丞相[1]

唐 · 孟浩然

八月湖水平，涵虚[2]混太清[3]。
气蒸云梦泽，波撼岳阳城[4]。
欲济[5]无舟楫[6]，端居[7]耻圣明。
坐观垂钓者，徒有羡鱼情。

注音注释

① 张丞相：指张九龄，唐玄宗时宰相。

② 虚：空间，虚空。

③ 太清：指天空。

④ 岳阳城：在洞庭湖东岸。

⑤ 济：渡。

⑥ 楫（jí）：划船用具，船桨。

⑦ 端居：闲居。

原文翻译

八月湖水上涨，与岸齐平，湖水与天空浑然一体。云梦大泽水汽蒸腾、波涛汹涌，似乎能把岳阳城撼动。想要渡水却没有船，闲居不做官，却感到愧对圣明天子。坐看垂钓人悠闲自在的姿态，可惜我只能心怀羡鱼之情。

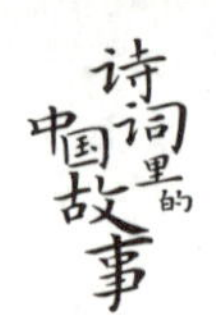

孟浩然的殷殷期盼

时值八月，洞庭湖的湖水上涨，已溢出堤岸，湖水与湖岸相平，水势浩大、广阔无垠，更增加了浩瀚气势。

孟浩然站在洞庭湖边极目远望，只见湖山相映、水天一色，一时之间不知道是天空映照湖中，还是湖水包含了天。

在这浩瀚的湖面和云梦泽上，水汽蒸腾，西南风起时波涛汹涌，坐落在湖滨的岳阳城似乎也受到了巨浪的冲击，笼罩在湖上的水汽吞没了云梦泽，场景非常壮观。

孟浩然陶醉在这洞庭湖的壮美景色中，他想到自己的人生，却又生出几分悲伤。虽然自己出身于书香世家，从小饱读诗书，可一直都没能寻求到适合自己的政治出路。在当时，门阀制度森严，一般的知识分子很难得到机会，必须向有权有势的达官贵人求助，写些诗文呈送上去，求得他们的引荐提拔。

这一次，孟浩然西游长安，并不仅仅是为了旅行，更是为了广交朋友，拜见公卿名流，以求做官的机会。时值张九龄出任朝廷丞相，孟浩然便动了呈送诗文的心思。

孟浩然把洞庭湖的景致写得生气磅礴，展现出一番积极进取的精神状态，是想告诉张九龄，自己活力旺盛，愿为国家效力，成就一番事业。可写到求取做官机会的时候，他犹豫了——求人办事，直说似乎有些不好意思！

孟浩然看到湖边有人垂钓，灵感大发：这张丞相不就像这悠闲的垂钓者吗？他挥笔写下：我想渡水，却没有船只，闲居不做官，却感到愧对圣明天子。张大人啊，我如今不能替你效力，只能徒然表示钦羡之情罢了！

作者

孟浩然（689—740），字浩然，号孟山人，唐代著名的山水田园派诗人，世称“孟襄阳”。因他未曾入仕，又被称为“孟山人”。

临河羡鱼

《淮南子·说林训》中云：“临河而羡鱼，不如归家织网。”《汉书·董仲舒传》中也有云：“临渊羡鱼，不如退而结网。”意思是站在河塘边，幻想着捕到鱼的场景，还不如回去下功夫结出一张渔网来捕鱼。人如果有理想，就要采取实际行动。

写作小技巧

“气蒸云梦泽，波撼岳阳城”，此句把洞庭湖的景致写得有声有色。水汽蒸腾，涛声轰鸣，使坐落在湖滨的岳阳城都受到了震撼。这样写景，更能衬托出积极进取的精神状态。

望天门山

唐 · 李白

天门中断①楚江②开，碧水东流至此③回④。
两岸青山相对出，孤帆一片日边来。

注音注释

① 中断：两山从中间被江水隔断。

② 楚江：长江。古代长江中游属楚国，所以叫楚江。

③ 至此：意为东流的江水在这里突然向北流去。

④ 回：回转。

原文翻译

长江像巨斧一样劈开天门山，碧绿的江水东流到这里，又向北弯转。两岸青山隔江相对，呈现出美丽的景象，一叶孤舟从天边悠悠驶来。

天门山奇景

水天相接，李白乘着小船在长江上漂流。远远地，他看到天门山夹江对峙，滚滚江水穿过天门山奔腾而去，仿佛这山原本是一个整体，却被这浩荡的长江生生劈成两半，才形成了这壮观景象一样。

浩阔的长江流经两山间的狭窄通道时受到阻碍，而且东流的长江在这一带回转向北，激起回旋，形成波涛汹涌的奇观。李白在船上看着这自然奇景，不禁心潮澎湃。

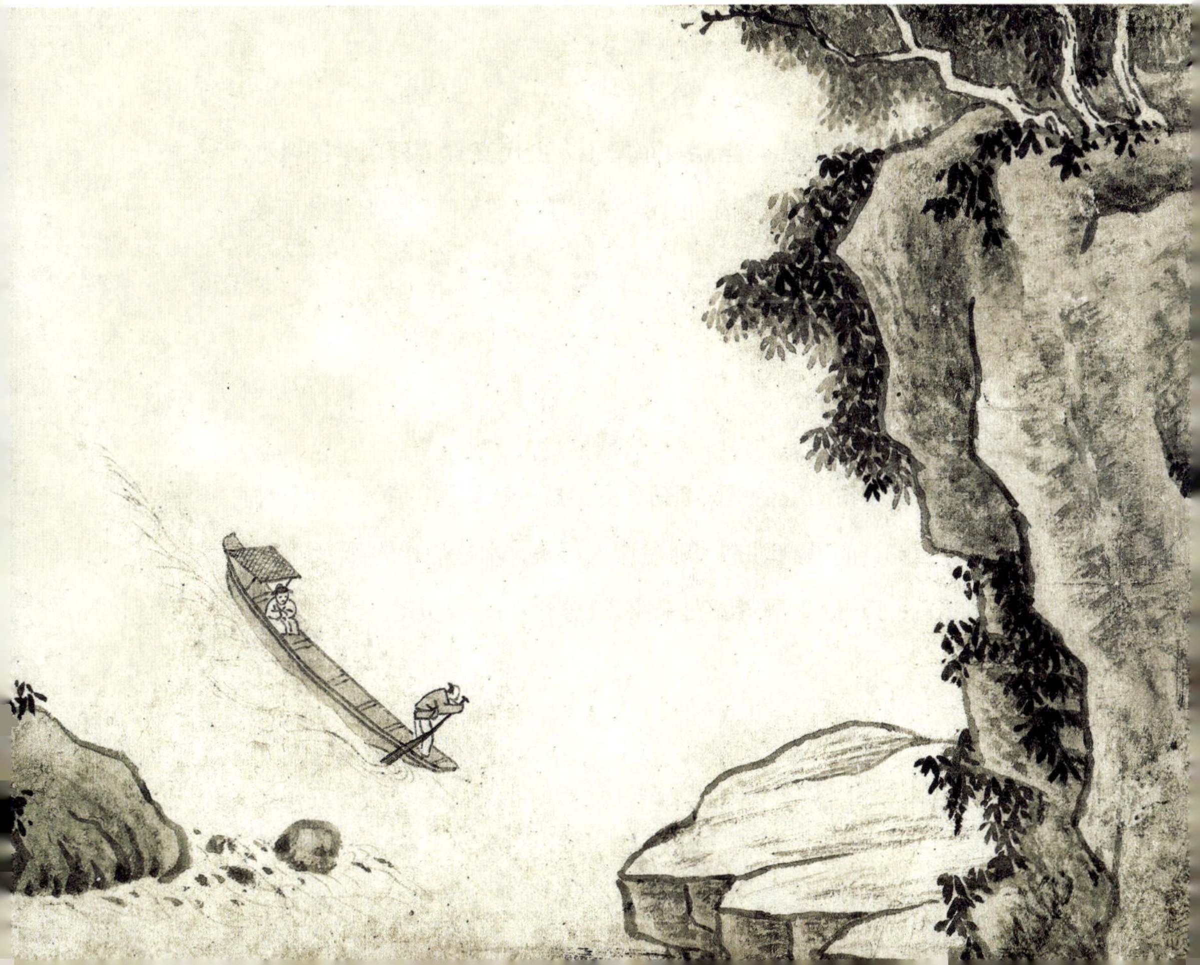

远处是重重叠叠、连绵不断的山峰，青得像透明的水晶，可又不那么沉静。四面苍峰翠岳，满山树木碧绿，远远望去，天门山仿佛正张开双臂，热烈欢迎着李白这位远道而来的客人。

李白乘坐的船顺流而下，天门两山扑进眼帘，愈来愈清晰，他的心情十分激动。他多希望自己的一生能够与青山绿水为友，以碧草蓝天为侣，始终保持一种豪迈、奔放的情怀，生活得自由洒脱、无拘无束啊！

百科小贴士

天门山

安徽省和县西梁山与当涂县东梁山（古代又称博望山）的合称。两座山分别在长江两岸，隔江而立，如同门户，“天门”之名由此而来。

写作小技巧

这首诗写了青山、白帆、红日，交映成一幅绚丽的画面。但这画面不是静止的，而是流动的。随着诗人行舟，本是静止的青山却能够“相对迎出”，孤帆从水天相接处驶来，景物描写十分灵动。

望岳

唐 · 杜甫

岱宗①夫②如何？齐鲁青未了。
造化③钟④神秀，阴阳⑤割昏晓。
荡胸生曾⑥云，决眦⑦入归鸟。
会当凌绝顶，一览众山小。

注音注释

① 岱宗：对泰山的尊称。

② 夫（fú）：语气词，没有实在意义。

③ 造化：创造，化育。指大自然。

④ 钟：聚集。

⑤ 阴阳：山的北面叫作阴，山的南面叫作阳。这里指泰山的南北两面。

⑥ 曾：同“层”，重叠。

⑦ 决眦（zì）：这里指由于极力张大眼睛远望归鸟，所以眼角几乎要裂开。

原文翻译

泰山怎么样呢？在齐鲁大地上，那苍翠的山色没有尽头。大自然汇聚了神奇秀丽的景象，泰山南北阴阳分界，晨昏不同。那升腾的层

层云气涤荡胸怀，我睁大眼睛看着归鸟隐入山林。一定要登上那最高峰，俯瞰在泰山面前显得渺小的群山。

泰山顶上一览众山小

杜甫出身于北方的大士族京兆杜氏，青少年时家庭环境优越，过着安定富足的生活。到了二十岁时，杜甫开始漫游吴越，历时数年。杜甫进士考试落第后，由于他的父亲时任兖州司马，于是他赴兖州省亲，开启了齐、赵（今河南、河北、山东等地）之游。

杜甫遥望泰山，被其高大巍峨的气势和秀丽的景色所震撼。他心里想：在古代齐鲁两大国的国境外还能望见远远横亘在那里的泰山，如此之高大，真不愧为五岳之首、诸山之宗啊！

在泰山脚下向上望，只见它连绵起伏，气势雄伟。泰山上的树木长得郁郁葱葱、苍翠挺拔。山南水北为阳，山北水南为阴，泰山十分高大，一昏一晓都被割于山的阴、阳面，散发出无穷的主宰力量，深深震撼了杜甫的心灵。

杜甫迫不及待地攀登泰山，欣赏着苍松巨石、云烟岚光，看着投林还巢的归鸟，他的心胸为之荡漾，更加坚定了攀登到顶峰的信心。

终于，杜甫到达顶峰，一股清凉山风迎面扑来，他顿时感到舒畅至极。远处的天空云蒸霞蔚，落日从晚霞的边沿和缝隙射出万道金色的光芒，绚丽无比，夕阳笼罩下的众山是那样渺小。杜甫心中感慨道：

人生好比爬山，有的人才刚爬到半山腰就放弃了，只有坚持下来“会当凌绝顶”的人，才能“一览众山小”，收获更多曼妙的风景啊！

作者

杜甫（712—770），字子美，自号少陵野老。唐代伟大的现实主义诗人，与李白合称“李杜”。杜甫在中国古典诗歌中的影响非常深远，被后人称为“诗圣”，他的诗被称为“诗史”。

泰山

泰山，位于今山东省泰安市。古代以泰山为五岳之首、诸山之宗，故又称之为“岱宗”，是历代帝王封禅之地。

写作小技巧

从山的主峰向下看，天下都是渺小的。作文时可以这样来写：站在山顶，俯视大地，高楼大厦已成了木块块，宽阔的马路已成了线条条，高速奔驰的汽车已成了蚂蚁点点。人在其间，已渺小至极。

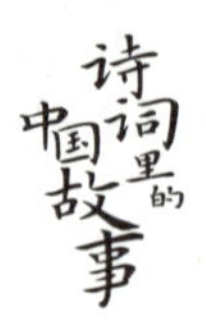

题[①]西林[②]壁

宋 · 苏轼

横看[③]成岭侧成峰，远近高低各不同。
不识庐山真面目，只缘[④]身在此山中。

注音注释

① 题：书写。

② 西林：西林寺，位于江西庐山山脚。

③ 横看：从正面看。

④ 缘：因为；由于。

原文翻译

从正面看是连绵的山岭，从侧面看是高耸的山峰，从远处、近处、高处、低处看，庐山的样子都各不相同。之所以无法看清庐山真正的面目，是因为我身处庐山之中。

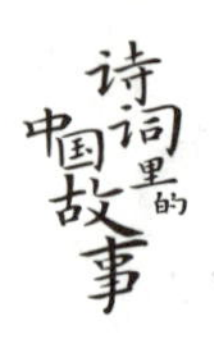

庐山真面目究竟是什么？

北宋元丰七年（1084）五月间，苏轼由黄州贬所改迁汝州团练副使，赴汝州时经过九江，与友人参寥同游庐山。

到了庐山，苏轼被瑰丽的风景折服了。庐山景色秀丽，有险峻的高峰、深深的幽谷，也有壮观的瀑布、清澈的溪流，最神奇的是那变幻无常的云雾。庐山隐匿在缭绕云雾之中，就像一个裹在轻纱中的少女。

苏轼从不同的角度看庐山，有时看到的是起伏连绵的山岭，有时看到的是高耸入云的山峰，千姿万态的庐山风景真是非常神奇。他不禁感慨："不识庐山真面目，只缘身在此山中！"

苏轼想起了自己进入仕途后，卷入了新旧之法的争斗中。他属于保守派，反对王安石主导的新法，由此得罪了王安石。但他不偏激，主张汲取新法的合理成分，又得罪了旧党。结果导致自己遭到各种排挤，被一贬再贬。

这神秘莫测的庐山，岂不正像那扑朔迷离的政局？新旧两党立场不同，看的角度不同，得到的想法与结论也不同。而所有人都置身"山中"，难免会"当局者迷"，无法辨认事情的真正面目。

苏轼心想：若是每个人都能够跳出迷局，客观、冷静地思考问题，那该有多好！只可惜，大多数人无法真正做到这一点，得出恰当或正确的结论实在是太不容易了。庐山真面目究竟是什么？恐怕只有走出庐山，方能看到全貌吧！

作者

苏轼（1037—1101），字子瞻、和仲，号铁冠道人、东坡居士，世称苏东坡、苏仙，北宋著名文学家、书法家、画家。苏轼在诗、词、散文、书、画等方面都取得了很高的成就。在诗文上与黄庭坚并称“苏黄”；在词上开豪放一派，与辛弃疾并称“苏辛”；在散文上与欧阳修并称“欧苏”，为“唐宋八大家”之一；擅长文人画，尤擅墨竹、怪石、枯木等。

写作小技巧

成语“不识庐山真面目”，形容由于对客观事物的认识尚不全面，故不识事物的真正本质。写作时可如此运用，示例：我们要在艰难险阻面前辨明方向，不能盲目冲撞，“不识庐山真面目”啊！

饮湖①上初晴后雨

宋 · 苏轼

水光潋滟②晴方好，山色空蒙③雨亦奇。
欲把西湖比西子④，淡妆浓抹总相宜⑤。

注音注释

① 湖：指杭州的西湖。

② 潋滟（liàn yàn）：水面波光荡漾的样子。

③ 空蒙：形容广阔而看不清的样子。

④ 西子：西施，春秋时代越国有名的美女。

⑤ 相宜：很合适，十分自然。

原文翻译

天气晴朗的时候，西湖水波光粼粼，美丽极了；细雨蒙蒙时，群山缥缈空蒙，也显得瑰奇。西湖犹如美人西施一般，无论是淡妆还是浓抹，都那么适宜。

美若西施，皆是晴雨西湖

北宋时期，王安石发动了一场旨在改变北宋积贫积弱局面的社会改革运动，而苏轼因在返京途中见到新法对百姓的损害，便大胆上书谈论新法的弊病，结果得罪了王安石。

苏轼是个性情耿直豪放的人，发现自己不为朝廷所容后，他便请求出京任职，被授为杭州通判。随后，他便带着家眷来到了杭州。

杭州的风景很美，尤其是西湖，是苏轼常去遛弯儿的地方。有一天，苏轼大清早起床去迎接远道而来的客人，然后带他到西湖游玩。西湖水波荡漾，在阳光照耀下光彩熠熠，真是美不胜收。

傍晚，两个人泛舟西湖，举杯畅饮，谈古论今，好不痛快！这时，天空突然转阴，湖上泛起一层淡淡的薄雾，苏轼不禁感慨道："看来快下雨了！"然而，不胜酒力的客人已经沉沉睡去，并没有回应他。

不久，天空中飘来了一阵细雨，远处的山笼罩在烟雨之中时隐时现，幽静的西湖就像一幅水墨画一般，眼前朦胧的景色让苏轼十分陶醉。他想：不管是晴天还是雨天，西湖的景色都是如此迷人，就像是美女西施一般，不管化浓妆还是淡妆，都是那样美丽。只可惜，客人没有欣赏到这人间天堂的神奇！

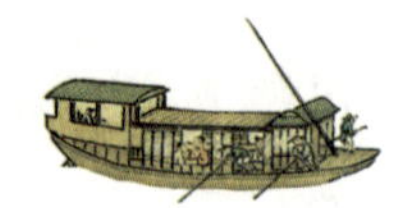

古代四大美女

西施、王昭君、貂蝉、杨玉环并称为“中国古代四大美女”，其中西施居首。“沉鱼、落雁、闭月、羞花”是由西施浣纱、昭君出塞、貂蝉拜月、杨贵妃醉酒观花四个精彩故事提炼出的历史典故。

西湖

杭州西湖，为观赏性淡水湖泊，是我国首批国家重点风景名胜区，被列入世界遗产名录。双峰插云、雷峰夕照、平湖秋月、断桥残雪、花港观鱼、柳浪闻莺、三潭印月、曲院风荷、苏堤春晓、南屏晚钟为著名的“西湖十景”。

写作小技巧

作者将曼妙的西湖比作“淡妆浓抹总相宜”的西施，十分生动形象。在写作中，将植物拟人化十分常见，如将柳树拟作正在梳头的姑娘，将荷花拟作亭亭玉立的少女，将松树拟作挺拔的军人等。

登飞来峰

宋 · 王安石

飞来山上千寻塔①，闻说鸡鸣见日升。
不畏浮云遮望眼②，自缘③身在最高层。

注音注释

① 千寻塔：一千寻高的塔。寻，古时长度单位，八尺为一寻。

② 望眼：远眺的眼睛。

③ 缘：因为。

原文翻译

登上飞来峰顶高高的塔顶，听说鸡鸣时能见到旭日东升。不怕层层浮云遮挡我的视线，只因为我站在山的最高层。

不畏浮云遮望眼

北宋皇祐二年（1050）夏天，王安石在浙江鄞县知县任上期满，

回江西临川故里，途经杭州时，登上飞来峰游玩。

山上的塔可真高啊！王安石气喘吁吁地登上塔顶，向远处眺望。茫茫的天际弥漫着一层轻飘飘的白雾，白雾远处挂着一片淡淡的、粉色的云霞，仿佛一层薄薄的锦缎。渐渐地，太阳露出了小半个脸，红艳艳的，好似一位美丽含羞的少女。

“喔喔喔——”伴随着阵阵嘹亮清脆的鸡鸣声，一轮红日喷薄而出，整座飞来峰的花草树木都从黑夜中苏醒过来，展现出了蓬勃的生机。

王安石被这壮观的辉煌景象震撼了。他正值壮年，心怀壮志，他明白当今的社会存在许多弊端，唯有改革才能为国家赢得光明的未来。

层层浮云在山间飘浮，王安石站在最高层，感到眼前一片开阔。古人常有浮云蔽日、邪臣蔽贤的忧虑，国家改革的道路上必定会有许多艰难险阻，也少不了奸邪小人破坏，可他不怕！

王安石雄心勃勃地想：登飞来峰要站在最高层才能俯瞰全貌，而人生亦是如此，唯有掌握了正确的观点、方法，认识达到了一定的高度，才能透过现象看到本质，不会被事物的假象迷惑，从而走向成功！

多年后，王安石向朝廷呈上万言书，提出变法主张；宋神宗熙宁二年（1069），王安石任参知政事，推行新法。在推行新法的过程中，许多保守派的大臣百般阻挠，甚至不惜污蔑、诋毁王安石，可王安石始终坚持自己的观点，绝不因挫折屈服。就像多年前的那天，阳光照耀在飞来峰上，浮云渐渐被风吹散，王安石站在塔顶，望着脚下的世界，心中充满了信心与希望。

作者

王安石（1021—1086），字介甫，号半山，谥号“文”，封荆国公。北宋著名的政治家、思想家、文学家、改革家，“唐宋八大家”之一，曾发起著名的“王安石变法”。

飞来峰

飞来峰位于浙江省杭州市，崖壁和石窟中有石刻佛像 328 尊，形成了江南少有的艺术景观。因山体为石灰岩地质，再加上这里水系较为发达，在水流的侵蚀下，飞来峰有着大大小小的洞壑，奇幻多变，景观迷人。

写作小技巧

登高方能望远，眼阔方能心明。“不畏浮云遮望眼，自缘身在最高层。”世界纷繁复杂，人与人、国与国之间的交往也应如此，只有高瞻远瞩，才不会被眼前的一己私利蒙蔽双眼。在写登山类作文的时候，可用这两句诗来抒发面对美景时的感想；在议论“为人处世应开阔眼界、胸怀大局”等观点时，可用这两句诗来升华主题。

辑二

日出江花红胜火，春来江水绿如蓝

滁州①西涧

唐 · 韦应物

独怜幽草涧边生，上有黄鹂深树鸣。
春潮②带雨晚来急，野渡③无人舟自横④。

注音注释

① 滁州：在今安徽省滁州市一带。

② 春潮：春天的潮水。

③ 野渡：郊野的渡口。

④ 横：指随意漂浮。

原文翻译

最喜欢生长在幽静山涧的野草，树丛深处传来黄鹂的婉转歌声。傍晚的春雨让水流更急，荒野渡口无人，只有一只小船随意纵横。

滁州西涧边的情思

春日，韦应物在滁州西涧漫步，只见涧边的幽草生机勃勃地在风中摇曳，青青翠翠的样子格外惹人怜爱。而树木随着季节发芽，长出浓绿的叶子，像泼上了绿染料似的，在阳光的照耀下闪烁着绿光。

突然，从林深处传来几声黄鹂鸟的叫声，悦耳动听的鸟鸣声打破了刚才的沉寂和悠闲，在诗人静谧的心田荡起层层涟漪。

韦应物家世显赫，他从十五岁起就成为唐玄宗近侍，可以在宫中进出，常跟随唐玄宗出去游玩。所以，年轻气盛的他总是豪放不羁，纵情欢歌。可安史之乱后，唐玄宗逃走，韦应物的好日子一去不复返，此时此刻，他似乎醍醐灌顶，时常“焚香扫地而坐”刻苦读书，想要实现人生的目标。

到了傍晚时分，由于近日来春潮上涨，西涧的水势顿见湍急。郊野荒凉的渡口一个人都没有，只有一只空舟横在水面，随着水流晃动。韦应物想起自己始终怀才不遇，不能在适合自己的岗位上大展宏图，心中不禁弥漫起无奈和悲伤的情绪。

不过，看到这醉人的绿意，感受到这宁静的氛围，韦应物的忧伤一扫而光。虽然已经过了繁花似锦、百花齐放的时节，但他独爱这萋萋幽草和深树中的黄鹂，就像自己始终安贫乐道，虽然孤独，却也怡然自乐，不是吗？

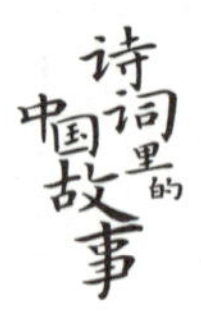

作者

韦应物（约737—791），诗风恬淡高远，以善于写景和描写隐逸生活著称。今传有十卷本《韦江州集》、两卷本《韦苏州诗集》、十卷本《韦苏州集》。散文仅存一篇。因出任过苏州刺史，世称“韦苏州”。

黄鹂

黄鹂是著名的食虫益鸟，羽毛艳丽，多为黄、红、黑等色的组合，雌鸟与幼鸟多具条纹。黄鹂胆小，不易见于树顶，但其鸣声悦耳动听，听到其响亮的鸣声便可知其所在。

写作小技巧

自然界的一切景物都具有特色和“性格”，我们要仔细从不同的角度去观察，善于发现常人所发现不了的亮点，比如诗中的幽草、黄鹂、无人舟，如此一来，写出的文章才会妙趣横生。

早春呈[①]水部张十八员外[②]

唐 · 韩愈

天街[③]小雨润如酥，草色遥看近却无。
最是一年春好处，绝胜[④]烟柳满皇都[⑤]。

注音注释

① 呈：恭敬地送给。

② 水部张十八员外：指张籍。张籍在家中排行十八，曾任水部员外郎。

③ 天街：京城的街道。

④ 绝胜：远远超过。

⑤ 皇都：指长安。

原文翻译

大街被润滑如酥的雨滋润着，远远望去，草色可见，近看时却稀疏似无。此时正是一年中最美的时节，远胜过绿柳布满的京都。

春雨中的朦胧草色

淅淅沥沥的春雨不紧不慢地从空中飘落下来，唤醒了世间万物。千万条银丝在空中荡漾，如烟如云，像酥油一般细腻丝滑，整个世界都慢慢变得潮湿起来。

春雨像一位水墨画家，挥洒着它的妙笔，大地上隐隐泛出了一抹青青之痕——春草小小的芽儿冒出来了。一片极淡极淡的青色铺上大地，让窗边的韩愈感到无比欣喜。可是当他走近想去看个仔细时，地上纤细的芽似乎又看不清是什么颜色了。

春色真美啊！——韩愈心中想到。此前不久，镇州（今河北省正定县）藩镇叛乱，韩愈奉命前往宣抚。最终说服叛军，平息了一场叛乱。穆宗非常高兴，把他上调为吏部侍郎。而他在文学方面，也声名大振，颇有建树。虽然他已经年近花甲，但近期的人生还算是比较顺利，自然也大有心情欣赏这生机勃勃的春意。

韩愈不想自己一人游春，便写信给任水部员外郎的诗人张籍，约他一起出游。可很快，他便收到张籍的回信：最近工作比较忙，加上年龄大了，不想活动，改天再约吧！

韩愈心中有些失落，挥笔写下了两首诗回赠给张籍。他在信中写道：早春是一年中最美的时候，远远超过了烟柳满城的衰落晚春啊！工作太累，不如忙里偷闲到外面散散心，瞧一瞧大好的初春景色！

春雨来得悄无声息，走得也不知不觉。经过了春雨的洗礼，草木

格外青翠欲滴，空气中也弥漫着清新的味道。韩愈惊喜地望着眼前的一切，真希望时间定格在此时此刻，好留住这美好的春景。

作者

韩愈（768—824），字退之，自封“郡望昌黎”，人们叫他“韩昌黎”或“昌黎先生”。唐代杰出的哲学家、政治家、思想家、文学家，“唐宋八大家”之首，与柳宗元、欧阳修和苏轼并称为“千古文章四大家”。

长安

长安（西安古称），十三朝古都，我国四大古都之首，“丝绸之路”的东方起点，是华夏文明的发祥地，同时也是我国历史上建都的朝代最多、时间最长的都城。

写作小技巧

“天街小雨润如酥”一句，将连绵的春雨比作细腻丝滑的酥油，非常生动形象。关于春雨的比喻还有：①春雨，像春姑娘纺出的线。

②雨像绢丝一样，又轻又细。③春雨“沙沙沙”地下着，像音乐家在轻轻拨动琴弦，又像蚕宝宝在悄悄地吞食桑叶。④春雨像母亲的乳汁，哺育着世间万物。

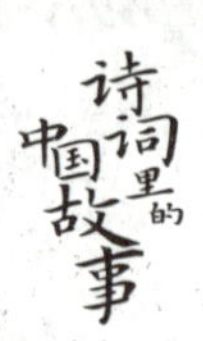

大林寺桃花

唐 · 白居易

人间①四月芳菲②尽，山寺桃花始盛开。
长恨③春归无觅④处，不知转入此中来。

注音注释

① 人间：指庐山下的村庄。

② 芳菲：泛指花。

③ 长恨：常常惋惜。

④ 觅：寻找。

原文翻译

四月正是平地上百花凋零的时候，山上大林寺的桃花才刚刚盛开。我常常惋惜春光逝去无处寻觅，却不知它已经转到这里来了。

山上桃花风景异

夏天即将来临，白居易推开门，看到春日桃花似锦的景象已经不复存在，树上的花儿快要凋零殆尽。花瓣落了一地，有的已经干枯化作了尘土，有的被风卷到天空中，不知飞到哪里去了。

白居易的心中十分遗憾，他还未欣赏够这春日美景，就要依依不舍地与之挥手作别。四季变换，就像自己沧桑的人生。他曾任秘书省校书郎，再官至左拾遗，可谓春风得意。谁知因直谏不讳，冒犯了权贵，受朝廷排斥，被贬为江州司马。

白居易决定去山上散散心。到了大林寺，他惊讶地发现，这里的桃花竟然刚刚盛开！瞧，粉色的桃花如绽放笑脸的婴儿，美得那样多姿多彩、活泼浪漫。横枝优雅闲适，斜枝潇洒豪放，曲枝温柔婉约，直枝庄重威严，实是树树有不同，枝枝皆各异！

白居易的心中欣喜不已：自己恐怕是来到了仙境吧？否则，人间怎么会有如此之美的景象？自己曾因为惜春、恋春，而遗憾春去的无情，但谁知，春天只不过像顽皮的孩子一样，偷偷跑到山上跟自己捉迷藏罢了。

虽然自己仕途不顺，被贬为江州司马，可远离芳菲落尽的人间，能在山上寻找一片繁花似锦的仙境啊！白居易抚摸着朵朵桃花，满心欢喜，一身轻松。

大林寺

大林寺为四世纪的僧人昙诜所创建，位于庐山大林峰上，所以叫大林寺。大林寺和西林寺、东林寺并称庐山“三大名寺”。

地势对气温的影响

地势与气候之间存在负相关关系，地势越高，则气温越低，一般每增高 100 米，气温下降约 0.6 摄氏度。也正因如此，一些高山会出现“一山有四季”“人间四月芳菲尽，山寺桃花始盛开”等景观。

写作小技巧

本诗用桃花代替抽象的春光，把春光写得具体可感，又把春光拟人化，把春光写得仿佛可以藏来藏去。此外，作者从愁绪满怀的叹逝之情，突变到惊异、欣喜，以至心花怒放，让诗歌极富波折。写作中，情感丰富多变，才会使情节更加妙趣横生、耐人寻味。

钱塘湖春行

唐 · 白居易

孤山寺北贾亭①西，水面初平云脚低②。
几处早莺争暖树，谁家新燕啄春泥。
乱花渐欲迷人眼，浅草才能没③马蹄。
最爱湖东行不足④，绿杨阴⑤里白沙堤。

注音注释

① 贾亭：又叫贾公亭。西湖名胜之一，唐朝贾全担任杭州刺史，建了这座亭子。

② 云脚低：低垂的云。

③ 没（mò）：遮没，盖没。

④ 行不足：百游不厌。足，满足。

⑤ 阴：同“荫”，指树荫。

原文翻译

从孤山寺的北面到贾亭的西面，春水初涨，与堤齐平，与重叠低垂的白云相依。几只早出的黄莺争相飞往向阳的树木，谁家的燕子为了筑巢往来衔泥？繁花盛开，渐渐迷乱游人双眼，浅浅的青草刚刚能遮没马蹄。最爱湖东美景，真是百游不厌，杨柳绿荫掩映着白沙堤。

钱塘湖春景图

唐穆宗长庆二年（822）七月，白居易被任命为杭州刺史。到任后，白居易走街串巷，深入民间考察杭州的风俗民情，同时出入山川，探访名胜古迹。

冬去春来，白居易来到钱塘湖（即西湖），一边慢悠悠地行走，一边观赏着湖光山色。春水初涨，水面与堤岸齐平，天空中白云舒卷，重重叠叠，与湖面荡漾的波澜连成一片，令人心胸十分开阔。

岸边的树木发出新芽，和煦的阳光温柔地洒在树叶上，唤醒了栖息的黄莺，它们争先恐后地飞往向阳的树木，沐浴着这份春日的温暖。气温回升，岸边的泥土也变得湿润起来，几只燕子飞到水边，啄了几下泥土便又匆忙地飞走了。白居易看着勤劳的燕子，内心升腾起一种蓬勃向上的感觉——这是谁家的燕子为了筑巢来回忙碌？它们筑好的爱巢会是什么样子的呢？

早春的花儿也盛开了，东一团，西一簇，像是害羞的小姑娘一般。浅浅的嫩草从泥土中探出头来，深度刚刚能没过马蹄。只见绿杨荫里，平坦而修长的白沙堤静卧于碧波之中，堤上骑马游春的人来往如织，都

在尽情欣赏这春日的美景。他沿着白沙堤行走，心想：这白沙堤的美景，真是怎么都看不够啊！

白居易爱杭州的一草一木、一山一水，尤其最爱这钱塘湖。白居易出任杭州刺史之时，正遇到杭州大旱成灾，而钱塘湖已经严重淤浅，蓄水量大为缩减，白居易决定治理钱塘湖。他将旧有湖堤“高加数尺”，修建函、笕以便排泄洪水，又疏浚六井解除了杭城居民的生活用水之忧，使市民能够近湖而栖，安居乐业。

孤山寺

孤山寺，始建于南北朝陈文帝（522—565）时期，位于西湖里湖、外湖之间。登上孤山亭，人们可纵览西湖全景。

白沙堤

白堤，唐代原名为白沙堤，宋代又叫孤山路，位于西湖东侧，是西湖里湖、外湖的分界线，同时也是孤山和北山连接的“桥梁”。堤上种有垂柳和桃树，适合春天游玩。

写作小技巧

“几处早莺争暖树，谁家新燕啄春泥”中的“争”和“啄”两字细致刻画了早春鸟儿的活泼情态。在写作中，不只是人物需要生动细致的动作描写，动物也需要如此。

绝句二首

唐·杜甫

迟日[①]江山丽，春风花草香。
泥融[②]飞燕子，沙暖睡鸳鸯。

江碧鸟逾白，山青花欲燃。
今春看又过，何日是归年。

注音注释

① 迟日：指春天过后白天时间渐长。

② 泥融：指泥土变湿软。

原文翻译

沐浴着春光的江山风景秀丽，和煦的春风吹来花草的芳香。燕子衔着湿软的泥土筑巢，鸳鸯睡在暖和的沙滩上。

在碧绿江水的映衬下，鸟儿的羽毛显得更加洁白。山色青翠，红花似乎要燃烧起来。今年春天眼看就要过去，我的归期什么时候才能到来呢？

春日的沉思

春日里，阳光和煦，春风拂过大地的每一个角落，芳草如茵，百花齐放。红的花儿像熊熊燃烧的火焰，粉的像灿烂的云霞，白的像洁白无瑕的云朵，它们在晨露里含笑绽放，在春风里摇摆着娇媚的身姿，一朵朵，一串串，团团相依，簇簇拥抱。一阵风吹过，杜甫嗅到了花朵和青草的清香，真是一片大好春光！

杜甫来到江边，只见碧绿的江水缓缓流淌，把鸟儿的羽毛映衬得更加洁白。泥土中的冰雪消融，燕子正衔着湿润的泥土修筑着甜蜜的爱巢。岸边的沙洲上卧着成双成对的鸳鸯，它们沐浴在灿烂的阳光中，微微闭上的眼睛展现着悠闲自得的情态，别提多有趣了！

虽然春景如此盎然有趣，但是杜甫却不由得想起了自己的家乡。自从安史之乱爆发后，他没能过上一天安生日子，每天四处奔波，看着生活困苦的百姓，心里非常担忧。而他自己，过得也是十分清贫，每日在提心吊胆中度过。终于，安史之乱被暂时平定，他回到成都的草堂，才有心情欣赏这曼妙的春光。

如果能一直和平该多好！自己能够回到家乡该多好！杜甫感慨着，不知此生是否还有机会回归故土，与亲朋好友共赏春光，再叙旧情呢？

燕子

燕子属于益鸟，吃蚊、蝇等昆虫，一个季度可以吃掉25万只左右。家燕一般会选择在农家屋檐搭建巢穴，当季节发生变化时，也会按规律迁徙。它们一般成双成对出现，古人常用此来抒发惜春伤秋、离别之愁、相思之苦、时过境迁之叹等情感。

鸳鸯

鸳鸯主要在河流湖泊、芦苇沼泽、稻田等地方栖息，喜欢成对出行。古人常用鸳鸯象征男女之间美好的感情。

写作小技巧

“江碧鸟逾白，山青花欲燃”是写景的佳句。描绘江、山、花、鸟四景，并分别以碧绿、青葱、火红、洁白四色绘就亮丽的画卷。尤其是描写花儿红得快要燃烧起来，颇具动感，值得借鉴。

山行

唐 · 杜牧

远上寒山石径斜，白云生处有人家。
停车坐[①]爱枫林晚[②]，霜叶红于二月花。

注音注释

① 坐：因为。

② 枫林晚：傍晚时的枫树林。

原文翻译

沿着弯斜的小路上山，在那生出白云的地方有几户人家。停下车是因为喜爱深秋枫林的晚景，被霜染过的枫叶比二月的花儿还要红。

登山赏霜叶，红于二月花

不知不觉，已是深秋时节，连绵起伏的山峦已经由青绿色逐渐变为黄色与红色交织的色彩，像是画家打翻了调色盘一般五彩斑斓。

到了登山赏景的时候了！杜牧心中十分欣喜，他坐着车来到山脚下，看到一条石头小路蜿蜒曲折地伸向充满秋意的山峦，仿佛在指引着游人前往深处探寻最美的景色。

山的坡度不大，乘车也还算稳当，杜牧坐在车上欣赏着路边的风光。远远望去，路消失的尽头白云升腾、缭绕，随着秋风自由自在地飘浮着，而白云下面散落着几户人家，炊烟从屋顶上空袅袅升起。杜牧感受着这高山上的人间烟火味，仿佛听到那遥远地方传来的鸡鸣狗吠声。

“停车！”杜牧惊喜地叫喊着。原来，他路过一片火红的枫树林，从远处看，仿佛是熊熊燃烧的火苗染红了半边天，而走近看，一片片枫叶在微风的吹拂下向游人点头致意。被秋霜浸过的枫叶每一片都红得似火，红得奔放，红得鲜明，展现出秋的绚烂和风采。

已是黄昏时分，夕阳西下，余晖映照着世间的一切，与枫叶交相辉映，令人陶醉其中无法自拔。一阵秋风吹过，颜色通红的枫叶摇摇欲坠，几片红叶从树上飘落，在空中翩翩起舞，然后缓缓落在了地上。

杜牧内心一阵激荡，不禁感慨道：枫叶经历了秋的萧瑟和霜的击打，依旧生机勃勃，比二月盛开的花儿还要红，真是惊艳世人啊！

作者

杜牧（803—853），字牧之，号樊川居士，人称“小杜”，以别于杜甫，与李商隐并称“小李杜”。因晚年居长安南樊川别墅，故后世称“杜樊川”，著有《樊川文集》。

枫叶为何红？

树叶大都呈绿色，是因为其中含有大量的叶绿素。到了秋天，气温下降，叶绿素逐渐减少，留下叶黄素，树叶就变成了黄色。枫叶中含有花青素，当天气逐渐转凉时，叶绿素逐渐减少，花青素不断增加，枫叶就会变成红色。每到秋季，很多人都喜欢前往北京香山、苏州太平山、南京栖霞山等地赏枫。

写作小技巧

诗人的目光顺着蜿蜒曲折的山路一直向上望去，在白云飘浮的地方，有几处宅院。“石径”把几种景物连接在一起，自然得当。在写作和绘画中，“小路”都是一种十分奇妙的景物，能够让人的视线随之移动，按其顺序体验各种曼妙风光。

忆江南词三首

唐 · 白居易

江南好，风景旧曾谙①。日出江花红胜火，春来江水绿如②蓝③。能不忆江南？

江南忆，最忆是杭州。山寺月中寻桂子④，郡亭枕上看潮头。何日更重游？

江南忆，其次忆吴宫⑤。吴酒一杯春竹叶⑥，吴娃⑦双舞醉芙蓉。早晚复相逢？

注音注释

① 谙（ān）：熟悉。白居易曾三次到过江南。

② 如：超过的意思。

③ 蓝：蓝草。

④ 桂子：桂花。

⑤ 吴宫：春秋吴国的宫殿。

⑥ 竹叶：酒名，即竹叶青。亦泛指美酒。

⑦ 吴娃：指吴地的美女。

原文翻译

江南好，我很熟悉江南风景。春天太阳出来，岸边红花比火焰还要红，江水绿得胜过蓝草。怎能叫人不怀念江南？

回忆江南，最先怀念的是杭州。月圆之时，山寺之中，寻找桂花，登上郡亭欣赏那钱塘江大潮。什么时候能够再次去游玩？

回忆江南，再回忆就是吴宫。喝一杯吴宫的竹叶青美酒，看那吴宫美女翩翩起舞。何时才能再次相逢？

诗词故事

白居易为何对江南情有独钟？

又是一年春天，年老的白居易因病卸任苏州刺史后，已经身居洛阳十几年。他看着洛阳的春景，不由得想起了江南——那个令他魂牵梦绕的地方。

年轻的时候，白居易曾担任过杭州刺史，在杭州待了两年，后来又担任苏州刺史，任期有一年有余。他曾漫游江南，旅居苏杭，江南给他留下了深刻印象。

他还记得太阳冉冉升起后，照耀得江花比熊熊燃烧的火焰还要红，碧绿的江水滚滚向前流动，颜色比蓝草还要绿；他还记得在杭州的夜

晚，一轮明月高悬，他踩着月辉来到山寺之中，寻找盛开的桂花，嗅着那沁人心脾的花香；他还记得自己躺在亭子里，观赏钱塘江大潮倾涛泻浪，势如万马奔腾，发出雷鸣般的吼声；他还记得在吴宫畅饮醉人的美酒、欣赏美女优雅舞姿时的盛况……

当然，白居易接受了江南风光的馈赠，也用心为人民做了很多实事。担任杭州刺史时，白居易见杭州有六口古井年久失修，便主持疏浚六井，解决了饮水问题。他还修堤蓄积湖水，以利灌溉，舒缓旱灾所造成的危害。担任苏州刺史时，他为了便利苏州的水陆交通，开凿了一条长七里的山塘河……

白居易为江南人民做出的贡献，江南的一草一木都默默见证过。在江南的点点滴滴，白居易也深深铭记在心中，永远都不会忘怀。

蓝草

“蓝”是所有可制靛青（即靛蓝）植物的统称，主要品种有蓼蓝、菘蓝、马蓝、木蓝等。菘蓝的根就是中药板蓝根。靛蓝色泽浓艳，在古代多用于为织物染色和制作手工艺品。

钱塘江

钱塘江流经浙江杭州，是浙江省最大的河流，是吴越文化主要发源地之一。在天体引力的作用下，再加上钱塘江入海口是喇叭口地形，因此形成了世界自然奇观之一——钱塘潮。钱塘潮被称为“天下第一潮”。

写作小技巧

“日出江花红胜火，春来江水绿如蓝”一句，写出了江花和江水的色彩斑斓，花比火还红，江水比蓝草还要绿，十分生动形象。作文中可用句式“××比××还要××”来增强表达程度。

秋词

唐 · 刘禹锡

自古逢秋悲寂寥①，我言秋日胜春朝。
晴空一鹤排云②上，便引诗情③到碧霄④。

注音注释

① 悲寂寥：悲叹萧条、空寂。

② 排云：推开白云。排，推开，有冲破的意思。

③ 诗情：作诗的情绪、兴致。

④ 碧霄：青天。

原文翻译

自古以来，人们每逢秋天就悲叹秋天的萧条空寂，我却觉得秋天胜过春天。秋日晴空万里，一只白鹤推开云层直冲云霄，把我的赋诗情趣也带到了青天之上。

谁说秋天只有悲凉与寂寥？

唐贞元二十一年（805），王叔文领导的革新运动遭到宦官、藩镇、官僚势力的强烈反对，以失败而告终。最终唐顺宗被迫退位，王叔文被贬后不久又被赐死，刘禹锡被贬为朗州司马。正值壮年，在人生最得意的时候被赶出了朝廷，刘禹锡最初自然十分苦闷。

但刘禹锡是个心胸豁达、乐观向上的人，虽然被贬出朝廷，但他并没有低落消沉，而是坦然接受一切，将注意力放在美好的自然风光之上，在痛苦的贬谪生涯中找寻生活的乐趣。

秋高气爽，刘禹锡走出家门感受着凉凉的秋意。他想到人们每逢到了秋天就感叹秋天的寂寞萧索，比如宋玉的《九辩》中曾有“悲哉，秋之为气也”“寂寥兮，收潦而水清”等句。而此时此刻，山水清净，夜里下霜，树叶有红有黄，在山间错落点染。景色清丽雅致，让人顿时感到心境也变得十分澄静。刘禹锡一向不肯人云亦云，他感慨：秋天自有独特迷人的风景，比那万物萌生、欣欣向荣的春天更胜一筹。

刘禹锡站上高楼仰望万里晴空，只见白云飘浮，一只白鹤推开云层直冲云霄，阵阵响亮的鸣叫声回荡在高空。刘禹锡不禁“啊”地惊叹一声，心里想：这鹤突破千难万险冲上云霄，竟如此有气势！而他内心激荡澎湃的诗情和无限的想象也迸发出来，像白鹤凌空直冲云霄一样，驰骋于碧空之上——自己虽然是个谪官，但仍然有昂扬的斗志，敢为实现自我理想展现出勇于斗争的非凡力量！

刘禹锡那豁达乐观的人生态度影响了世世代代的人。人生不可能顺风顺水，当我们遇到挫折时，就会明白刘禹锡这种博大胸襟是多么难能可贵。

古代的鹤

鹤常居于山泉野林之间，古人常以白鹤喻翩翩君子，来赞美君子的高尚、清高与贤能，以“鹤冲天”比喻金榜题名，寄托着人们“一飞冲天”的美好祝愿。

写作小技巧

诗人对秋天的感受与众不同，一反过去文人悲秋的传统，表达出乐观积极的励志情绪。在写作的时候，从不同角度看同一处风景、同一个事物，往往会有不同的效果。

江雪

唐 · 柳宗元

千山鸟飞绝①，万径②人踪灭。

孤舟蓑笠③翁，独钓寒江雪。

注音注释

① 绝：无，没有。

② 万径：虚指，指千万条路。

③ 蓑笠（suō lì）：蓑衣和斗笠。

原文翻译

所有山上都不见飞鸟的身影，所有道路都不见人的踪迹。江面孤舟上，一位披戴着蓑衣和斗笠的老翁，独自在风雪中垂钓。

江雪

连下了好几天雪，狂风怒号，鹅毛般的雪片纷纷扬扬地飘落，大地银装素裹。山川冰封千里，远远看去白茫茫一片，完全看不见飞鸟的踪迹，大概是天气寒冷，它们早就飞回窝里缩着了吧？

柳宗元站在窗前，道路上十分空旷，没有一个行人，此前行人踏出的行行脚印也已经被风雪湮没，只留下一片白茫茫的世界。他感受着这极端的寂静、绝对的沉默，一种孤独感由心底生出。

柳宗元并非自愿要到这里做官，而是被贬谪到此地。唐顺宗永贞元年（805），柳宗元曾参加王叔文集团发动的“永贞革新”运动，改革很快失败，柳宗元被贬为永州司马，流放十年。虽然孤独寂寞，可他性情豁达，并不悲观消沉，而是认为就算全世界都抛弃了自己，也要过好人生的每一刻。

雪下大了，柳宗元走出家门，率性地在风雪中漫步。他看到在大雪中的江面上竟然有一叶小舟，一个老渔翁独自在寒冷的江心垂钓。雪下得又大又密，仿佛江里都下满了雪，连船篷上、渔翁的蓑笠上都是白花花的一片。

天地之间一尘不染，万籁无声，渔翁专心致志地垂钓着，仿佛远离了尘世喧嚣，丝毫感受不到这铺天盖地的风雪。小小的身影在天地间是那样渺小且孤独，又是那样清高孤傲。

柳宗元看呆了，这位渔翁多么像自己啊！他憎恨这尔虞我诈的官

场，想要远离纷繁复杂的朝廷，他多么想像这老翁一样，始终保持清高孤傲的姿态，沉浸在自己的浪漫世界中啊！

大片大片的雪花从昏暗的天空中飘落下来，渐渐模糊了柳宗元的视野。整个世界都白了，柳宗元的心里也变得开阔起来……

作者

柳宗元（773—819），字子厚，唐代杰出的诗人、哲学家、儒学家、政治家，“唐宋八大家”之一，与同是八大家的韩愈并称为“韩柳”，与刘禹锡并称“刘柳”，与王维、孟浩然、韦应物并称“王孟韦柳”。

写作小技巧

对比、衬托是写作中常用的手法。诗人用“千山”“万径”这两个词营造出宏大开阔的场景，为下面两句中的“孤舟”和“独钓”的画面作陪衬，更加突出垂钓老翁摆脱世俗、超然物外的清高孤傲之态。

逢[1]雪宿[2]芙蓉山主人

唐 · 刘长卿

日暮苍山远[3]，天寒白屋[4]贫。
柴门闻犬吠，风雪夜归人[5]。

注音注释

① 逢：遇到；遇见。

② 宿：投宿；借宿。

③ 苍山远：天将黑了，青山影影绰绰地显得很远。

④ 白屋：没有色彩、露出木材的房屋。一说，指用白茅草盖的房屋。一般指贫苦人家。

⑤ 夜归人：夜间回来的人。

原文翻译

暮色降临，青山苍茫，路途十分遥远；天气寒冷，茅草屋显得孤零零的。到了夜晚，柴门外传来狗叫声，原来是有人冒着风雪归来。

风雪夜归人

凛冽的冬风呼呼吹着，雪花纷纷扬扬地从天空中飘落，像柳絮般随风纷飞，地上已经积了厚厚一层雪，踩上去“咯吱咯吱”地响。

已是日暮时分，刘长卿依旧冒着风雪在山路上苦苦跋涉。这个冬天异常寒冷，枯枝被积雪压得“吱吱”叫着，做着最后的挣扎，风像刀子一般划过他的脸，令他不停地打着寒战。

刘长卿艰难前行，看着漫无边际的霭暮笼罩着远处的千嶂万壑，青山在暮色中影影绰绰，显得异常遥远，他的心中涌动着丝丝悲凉。他刚受到鄂岳观察使吴仲孺的诬陷而获罪，因监察御史苗伾明镜高悬，才得以从轻发落，贬为睦州司马。他既不愿随波逐流、攀龙附凤，又无力拨乱反正。此时此刻，这坎坷的路途多么像自己的人生路啊！

突然，一座简陋的茅草屋出现在刘长卿的眼前。农家虽然贫寒，白屋尽管朴陋，但对于漂泊于旅途、急于遮雪避寒的刘长卿而言，是那样温暖！他敲响了门，朴实的村民盛情邀请他进屋避寒。

夜深了，刘长卿已就寝，忽然听到外面的狗不停地叫着，那叫声是那样热情、欢快，划破了夜幕下山村的宁静，唤起了寂寥群山的回响。

大概是有人顶风冒雪地归来了吧！刘长卿这样想着。虽然自己遭到贬谪，满腹委屈，可在这样一个寒冷的天气里，他能够找到这样一处遮风避雪的地方，还受到热情招待，难道不是一件很幸运的事情吗？

作者

刘长卿（？—约789），字文房，唐代诗人，是唐玄宗天宝年间的进士。他为人刚直，也因此触犯皇上，当官多次迁谪。其为官生涯止步于“随州刺史”一职，世称“刘随州”。

写作小技巧

如何表现一个人旅途的艰难？除了直接描写行路人的动作、神态之外，还可以把天气写得十分恶劣，把道路写得无比坎坷，给行路人添加许多阻碍，侧面烘托出行路的艰辛。

游园不值[①]

宋 · 叶绍翁

应怜屐齿[②]印苍苔，小扣[③]柴扉[④]久不开。
春色满园关不住，一枝红杏出墙来。

注音注释

① 不值：值，遇到，碰上。不值，没有遇上园主人在家。

② 屐（jī）齿：屐是木鞋，鞋底大多有二齿，叫屐齿。

③ 小扣：轻轻敲门。

④ 柴扉（fēi）：用树枝编成的门。

原文翻译

主人大概心疼木屐踩坏青苔，我轻轻敲了很久，柴门都没有打开。可是一道门关不住这满园的春色，一枝红色的杏花伸出墙外。

关不住的春色

阳春二月，春光明媚，万物复苏，一位叫叶绍翁的诗人在郊外漫步，路过一处小花园时，他心里激动地想：春天来了，想必花园里一定有美丽的风景！不如去大饱眼福！

叶绍翁弓起手指，轻轻敲了敲柴门，许久都没有人出来开门。他心想：一定是我敲门的声音太小，主人没听见。他又敲了几声，还是无人应答。叶绍翁有些失落："难道是主人不在家？还是他怕我的木屐踩坏了他的青苔？"

他感到非常遗憾，在柴门前不停地徘徊、思索：这满园的春色，恐怕只能改日再来欣赏。可这春光短暂，再过几天，还能看到春日灿烂的盛景吗？

想到这里，叶绍翁摇摇头准备离去。他恋恋不舍地回头望了一眼，突然发现花园里的一枝红杏从墙上探出头来。只见杏花一朵挨着一朵，像一只只蝴蝶展翅欲飞；待开的花蕾像娇羞的姑娘一般，露出绒绒的粉色。

春风轻轻拂过，阵阵花香随风飘来，也把舒畅的感觉带到了叶绍翁的心里，他惊喜地感慨道："这花园中定是春光绚烂。看来，充满生命力的事物都不会被外力阻挡，一定会冲破重重困难，脱颖而出，蓬勃地发展。今天真没有白来啊！"

作者

叶绍翁，字嗣宗，号靖逸，南宋诗人。宋光宗至宋宁宗期间在朝廷做官，后在杭州西湖之滨长期过着隐居的生活。他擅长写七言绝句，诗句语言清新，风格独特。

杏花

杏花是我国传统的“十二花神”之“二月花”，在我国有两三千年的栽培历史。杏花不但具有较高的观赏价值，而且是一种中药材，具有美容养颜的功效。

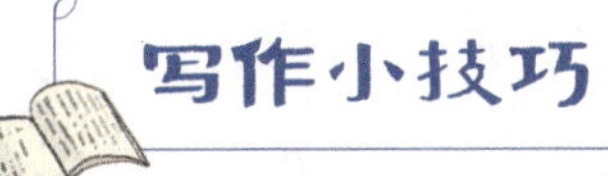

“春色满园关不住，一枝红杏出墙来”一句非常经典，从这一枝花就能联想到满园的春色。我们在写景色时也可如此以小见大、一叶知秋。这句诗蕴含的哲理也可以引用到作文中：新生事物一定会冲破重重困难，脱颖而出，蓬勃发展。

晓出①净慈寺送林子方②

宋·杨万里

毕竟③西湖六月中，风光不与四时④同。
接天莲叶无穷碧，映日荷花别样红。

注音注释

① 晓出：太阳刚刚升起。

② 林子方：作者的朋友，也是作者的下属。

③ 毕竟：到底。

④ 四时：指六月以外的其他时节。

原文翻译

到底是西湖六月的秀美景色，风光与其他季节不一样。荷叶铺展，上接晴空，荷花在阳光的照耀下格外娇红。

净慈寺送子方

“我快调去福州了，咱们以后见面的机会可能就少了！”林子方郑重地对杨万里说。

“什么？”杨万里十分惊讶，“怎么这么突然？”

“我仕内升迁，这不是好事吗？到时候你一定要来送送我啊！”林子方拱拱手便离开了，留下杨万里一个人陷入沉思。

林子方举进士后，曾担任直阁秘书，负责给皇帝草拟诏书。时任秘书少监、太子侍读的杨万里是林子方的上级兼好友，两人经常聚在一起畅谈强国主张、抗金建议，也曾一同切磋诗词文艺；两人志同道合，将对方当作知己，感情十分深厚。此时此刻，杨万里却不认为林子方去福州是个好的选择，更何况少一个朋友，生活也会少许多乐趣。

送别那天，两人路过西湖荷塘。时值六月，西湖的风光景色与其他时节大不相同。只见那密密层层的荷叶铺展开去，随着湖面伸展到尽头，与蓝天融合在一起，涂染出无边无际的绿意。那亭亭玉立的荷花绽蕾盛开，花瓣的顶部是深红色的，渐渐往下就是粉红色的了，好像画家用一支画笔饱蘸了颜料从上往下、由深入浅地画出来的；在阳光下，显得格外鲜艳娇红，就像是梳妆打扮好的少女随风跳着优美的舞蹈。

林子方不禁感慨道：“这六月西湖的景色好美！”杨万里趁机说：“是啊，还是这边风光宜人，如果你不走，咱们哥儿俩还能经常喝一杯，我真不想让你离开啊！”

林子方笑着说：“天下没有不散的筵席，更何况咱们以后还是有机会见面小聚的。你放心吧，我到了福州，会时常跟你写信的！”

杨万里依依不舍地告别了林子方。此时此刻，西湖中成千上万的荷叶间，无数朵漂亮的荷花缓缓盛开，就像一幅画，更像一首诗，真可谓：接天莲叶无穷碧，映日荷花别样红。

净慈寺

净慈寺，修建于公元 954 年，原名永明禅院，南宋时，人们改其名为净慈寺，且在此修建了五百罗汉堂。净慈寺位于浙江省杭州市的西湖南岸，对面就是雷峰塔。该寺院全国闻名，因寺内钟声洪亮，“南屏晚钟”被称为“西湖十景”之一。

本诗虚实相生：前两句泛泛点出湖面风光，为虚；后两句描绘荷花和荷叶的具体形象，为实。进行景物描写时也可从大到小、从笼统到详细、从抽象到具体，虚实结合，相得益彰。

西江月·夜行黄沙[1]道中

宋·辛弃疾

明月别枝惊鹊，清风半夜鸣蝉。
稻花香里说丰年，听取蛙声一片。
七八个星天外，两三点雨山前。
旧时[2]茅店[3]社林[4]边，路转溪桥忽见[5]。

注音注释

① 黄沙：黄沙岭，在江西省上饶市的西面。

② 旧时：往日。

③ 茅店：用茅草盖的乡村客店。

④ 社林：土地庙附近的树林。社，土地庙。

⑤ 见：同“现”，显现，出现。

原文翻译

月光皎洁，横斜树枝上的喜鹊受惊飞起，清风吹来，传来阵阵蝉鸣。田里稻花飘香，青蛙不停鸣叫，似乎在告诉人们今年是一个丰收年。

天边挂着几颗星星，山前下起了小雨。从前的茅草店还在土地庙林旁，道路转过溪上小桥的时候，它忽然出现在眼前。

被贬后的乡间漫步

宋孝宗淳熙八年（1181），辛弃疾因受奸臣排挤，被罢官后回到江西上饶，开始了平平淡淡的乡间生活。

晚上，一轮明月冉冉升起，将明亮的月光洒向大地，惊醒了栖息在横斜突兀的枝干之上的鹊儿。鹊儿惊飞，树枝颤动，树叶簌簌作响，但很快便归于平静。凉风徐徐吹来，知了在寂静的夜晚鸣叫着，不似白日的急躁，反而十分悦耳动听。

辛弃疾不紧不慢地行走在山路上，此时的他，没有紧急的公务要处理，也不用为他人的指责、诽谤而彻夜难眠。虽然遭弹劾免职，但在这自然美丽的乡村景色中，他早已忘却了一切烦恼。

漫村遍野的稻花香扑面而来，群蛙在稻田中“呱呱”叫着，似乎在说着对今年丰收的期待，一股浓浓的幸福感在辛弃疾的心中油然而生。他沉浸在这丰收在望的喜悦中，脸上泛起了微笑。

没过多久，明月隐去了光辉，寥落的星星也不见了踪影。滴滴答答的雨滴打湿了辛弃疾的衣衫，他这才意识到，自己应该加快脚步，寻找一处避雨的地方了。

从山岭小路转过弯，过了一座溪桥，就在土地庙旁的树林外，一座茅屋出现在他的眼前。辛弃疾定睛一看，竟然是自己熟悉的客店！他快速走过去，期待着与旧友的重逢。

作者

辛弃疾（1140—1207），原字坦夫，后改字幼安，别号稼轩。南宋豪放派词人、将领，有“词中之龙”之称。与苏轼合称“苏辛”，与李清照并称“济南二安”。

青蛙如何发声？

青蛙靠喉门软骨上的声带发声，有的雄蛙还有外声囊，也就是我们看到有些青蛙在叫的时候口角两边鼓起来的部位。依靠声带和气囊，青蛙可以发出洪亮的声音。尤其在雨后，田野间、池塘边的雄蛙叫声此起彼伏，出现了“听取蛙声一片”的景象。

写作小技巧

诗人听到蛙声阵阵，联系到稻花飘香，便联想到青蛙们在讨论丰收的年景。景物描写离不开联想和想象，如可对青蛙、鸟鸣等声音进行拟人化，根据情况赋予合唱、聊天、吵架等人的情态。

约客[①]

宋 · 赵师秀

黄梅时节家家雨，青草池塘处处蛙。
有约[②]不来过夜半，闲敲棋子落灯花[③]。

注音注释

① 约客：邀请客人来聚会。

② 有约：即有约定。

③ 灯花：古代人们用油灯照明，灯芯燃烧后会结成花状的物质。

原文翻译

黄梅成熟的季节，家家户户都笼罩在烟雨中，池塘长满青草，传来阵阵蛙声。直到午夜，客人还没应约前来，我无聊地敲着棋子，看着灯花朵朵落下。

失约

立夏后数日，梅子由青转黄，此时正是江南的雨季。小雨淅淅沥沥地下着，家家户户都笼罩在蒙蒙烟雨之中，仿佛一幅清秀灵动的水墨画。

雨敲在鱼鳞似的瓦上，一股股的细流沿着瓦槽与屋檐潺潺泄下，落到地上，溅起一朵又一朵透明的水花。赵师秀坐在桌前，听着窗外雨滴落下的声音，心中甚是着急——他早就约好了朋友来下棋，准备了上好的茶点，摆好了棋盘，朋友却迟迟没有前来。

长满青草的池塘边，青蛙开始了震耳欲聋的大合唱，叫声此起彼伏，传到赵师秀的耳朵里，他的内心更加焦躁，竖起耳朵仔细辨别着其中是否夹杂着朋友敲门的声音。已经过了半夜，朋友还没有来，是不小心睡着了吗？还是家里突然有了急事？

赵师秀胡乱猜测着，他感到十分无聊，便下意识地拿起一颗棋子，轻轻地敲打着棋盘。“笃笃”的敲击声打破了他内心的沉寂，也冲淡了忧虑。油灯已经燃烧了很久很久，灯花受到震动，掉落在桌上，同赵师秀一起默默等待着。

看来，他今天不会来了！赵师秀心中十分失落，但他依旧耐心等待着，静心听着窗外的雨声和阵阵蛙鸣。他心里自我安慰道：虽然今天下不成棋，但也欣赏了一番夜半江南的雨景，也不算白等啦！

作者

赵师秀（1170—1219），字紫芝，号灵秀，永嘉（今浙江省温州市）人，南宋诗人。曾担任上元县主簿、筠州推官等官职。他常与僧道结伴出游，共赏山水美景，向往着淡泊宁静的生活。

黄梅时节

农历五月，是江南梅子成熟的时候，此时雨水充沛，常阴雨连绵，因此又被称为“梅雨季节”“黄梅时节”。因天气湿热，衣物非常容易发霉，因此，人们也把梅雨称作“霉雨”。

这首诗善用对比手法：前两句写户外的“家家雨”“处处蛙”，十分热闹；后两句写屋内人闲坐敲棋、寂静无聊，更加突出了诗人落寞之情。描写孤寂的心情时，写一写外界的热闹情景，更有“热闹都是别人的，我什么都没有”的悲凉感。

辑三

西塞山前白鹭飞，桃花流水鳜鱼肥

归园田居·其三

东晋·陶渊明

种豆南山[1]下，草盛豆苗稀。
晨兴[2]理荒秽[3]，带月荷[4]锄归。
道狭草木长，夕露沾我衣。
衣沾不足惜，但[5]使愿无违。

注音注释

① 南山：指庐山。

② 兴：起床。

③ 荒秽：豆苗里的杂草。

④ 荷：扛着。

⑤ 但：只。

原文翻译

我在南山下种豆，结果野草丛生，豆苗稀疏。清晨早起下地除草，晚上披星戴月扛着锄头回家。狭窄的小路上草木茂盛，夜间的露水沾湿了外衣。衣衫沾湿并不可惜，只愿不违背自己的归隐心意。

不为五斗米折腰

远处的山峰叠碧流翠，草木葳蕤，泛着醉人的碧色。陶渊明穿着粗布麻衣，正在田地里给庄稼浇水。只见地里稀稀拉拉地长着几株豆苗，豆苗的四周长着茂盛的杂草，不仔细看，还真看不出这里种的庄稼。

东晋义熙元年（405）秋，陶渊明为了养家糊口，来到彭泽当县令。到任八十一天时，碰到浔阳郡派遣督邮来检查公务。浔阳郡的督邮刘云以凶狠贪婪闻名远近，每年两次以巡视为名向辖县索要贿赂，否则就要栽赃陷害。这次他一到彭泽的馆驿，就差县吏去叫陶渊明来见他，县吏还要求陶渊明穿官服、束上大带前往，语气十分傲慢。

陶渊明一向看不起这种假借上司名义发号施令的人，便长叹一声说："我拿着微薄的俸禄，你却要我趋炎附势。我不能为五斗米而向乡里小人折腰啊！"随后，他便写了一封辞职信，然后潇洒地归隐山林，过上了悠闲自得的田园生活。

早晨太阳还没升起的时候，陶渊明便来到田里锄草，晚上月亮高高升起，他才披着月光、扛着锄头慢悠悠地回家。山路曲曲折折，路边的杂草长得很高，露水时常沾湿他的衣裳，带着微微的凉意。

陶渊明是写诗作赋的文人，如今却扛起锄头辛勤劳作，双手经常会被磨出水泡。他虽然感觉劳动非常艰辛，但这总比做官舒适多了。不与官场上的那些人同流合污，回归自然本心，坚持高尚的操守，在田园生活中潇洒自如、无拘无束，这才是陶渊明始终追求的！

作者

陶渊明（365或372或376—427），字元亮，晚年更名潜，字渊明，别号五柳先生。东晋末至刘宋初杰出的诗人、散文家。被誉为“隐逸诗人之宗”“田园诗派之鼻祖”，相关作品有《饮酒》《归园田居》《桃花源记》《五柳先生传》《归去来兮辞》等。

豆

豆科植物的“豆”，古代最早叫“菽”（shū），后来才慢慢被称作“豆”。最初，“豆”是用来装食物的高脚盘，多为陶制，用青铜制成的“豆”一般被用作祭祀礼器。此外，在古代，“豆”还是一种容量单位。

写作小技巧

本诗结尾两句是全篇的诗眼，将诗歌的主旨自然而然地表达了出来。写作时有一种结尾法叫“议论抒情法”，即结尾讲述道理、阐释哲理、抒发感情，以此升华主题。

渔歌子

唐 · 张志和

西塞山[①]前白鹭飞，桃花流水鳜鱼肥。
青箬笠[②]，绿蓑衣，斜风细雨不须[③]归。

注音注释

① 西塞山：在浙江省湖州市。

② 箬（ruò）笠：箬竹做的斗笠。

③ 不须：不一定要。

原文翻译

西塞山前的白鹭在自由地飞翔，岸边桃花盛开，江水流淌，肥美的鳜鱼游来游去。渔翁头戴青色斗笠，身披绿色蓑衣，冒着斜风细雨，悠然自得地捕鱼，下了雨都不回家。

山水渔翁不须归

唐代宗大历八年（773）一月，颜真卿到湖州任刺史。不久，张志和驾舟拜见，不料船年久失修，有些破损，他便请颜真卿帮助更换。颜真卿热心地帮他修好了船，两个人驾着小船来到江上游玩。

西塞山上草木葳蕤，远远看去，像是被画家用深浅不一的绿颜料渲染过一样。山脚下开阔的滩涂上，一群白鹭正自由自在地漫步。它们时而迈着长腿，悠然自得地把雪白的身影映在清澈的水中；时而扑扇着翅膀奔跑；时而展翅在高空中盘旋，向人们展示自己优美的姿态。

正值雨季，江水猛涨，岸边的桃花开得格外喧闹，密密层层，宛如一片朝霞。娇艳的桃花倒映在江水中，肥美的鳜鱼在水中欢快地嬉戏着。颜真卿和张志和欣赏着这盎然的景色，不由得谈论起诗词歌赋来。

天空中下起了小雨，像细丝一样随风飘落。一阵悠扬的歌声传来，原来是一位渔父戴着青箬笠、穿着绿蓑衣，在斜风细雨中悠闲自得地捕着鱼儿。张志和与颜真卿划着船过去，问渔翁：“下雨了，您怎么还不回家呀？”

渔翁哈哈大笑，说：“瞧这烟雨美景，这流水鳜鱼，我还想多在外面玩一会儿呢！你们不也在雨中怡然自乐吗？”

张志和与颜真卿相视一笑。是啊，他们两个人难道不也是开心得忘记了回家吗？两个人吟诗作赋，用《渔歌子》记下了这美好的春光。

作者

张志和（生卒年不详），字子同，号玄真子。他幼年就能读书、写文章，十六岁明经及第。踏入官场后，历经宦海浮沉，再加上母亲和妻子相继去世，他感慨人生无常，最终选择辞官浪迹江湖。

鳜鱼

鳜鱼，又名“鳌花鱼”，是“中国四大淡水名鱼”之一。它的身体较扁，背部隆起，头部为尖形。鳜鱼是餐桌上的一道美食，其肉质鲜嫩，口感细腻，肉多刺少，味道鲜美，深受人们喜爱。

写作小技巧

苍翠的山峰、白色的鸟儿、鲜艳的桃花、清澈的流水，黄褐的鳜鱼、青色的斗笠、绿色的蓑衣，真是色彩鲜明、意境优美。描写自然风光时可多写点儿色彩，这样能够渲染出一幅如画般美妙的图景。

采莲曲

唐 · 王昌龄

荷叶罗裙[①]一色裁[②]，芙蓉[③]向脸两边开。
乱入池中看不见，闻歌[④]始觉有人来。

注音注释

① 罗裙：丝罗制成的裙子。

② 一色裁：好像是用同一颜色的衣料剪裁的。

③ 芙蓉：指荷花。

④ 闻歌：听到歌声。

原文翻译

采莲少女的绿罗裙融入荷叶中，好像是用同一种颜色的布料剪裁成的，少女的脸庞与荷花相互映照。她混入莲池中让人难以辨认，听到歌声才觉察到有人来。

少女采莲曲

唐天宝七年（748）夏天，王昌龄任龙标尉已经有一段时间了。这天，王昌龄独自行走在龙标城（湖南省洪江市）外，路过东溪的荷塘，不由得驻足观赏盛开的荷花，这时，他看见了一幅绝美的画面。

荷塘上的荷叶就像一把把撑开的绿伞，又像是一个个碧绿的圆盘，密密麻麻地铺展开一片绿意，有的紧贴水面，有的傲然挺立，有的轻轻颤动，别有一番情趣。一位少女正划着小船采莲，她穿着碧绿的裙子，风儿吹过，衣袂飘飘，整个人与深深浅浅的绿荷融合在一起。王昌龄不禁感慨：这罗裙和荷叶大概是用同一种布料裁剪而成的吧？

田田的荷叶之间露出了几朵美丽的荷花，有的白如玉，有的粉似霞。最美的莫过于粉色荷花，白里透红，就像是羞答答的小姑娘一般。而船上的少女容貌秀美、脸庞红润，就像刚出水的荷花一般娇艳欲滴，她的脸庞掩映在盛开的荷花中间，好像鲜艳的荷花正朝着少女的脸庞开放。

采莲少女的绿罗裙和红脸庞已经融入那一片绿荷红莲丛中，若隐若现，若有若无，令人感到人花难辨。她仿佛就是大自然的精灵，稍一错神儿，就忽然不见踪影了。

王昌龄有些迷茫：莫非刚才看到了荷花仙子，还是自己出现了幻觉？他伸长脖子仔细寻找着，却怎么都搜寻不到少女的身影。

这时，一阵婉转的歌声传来，尽管少女的身影已经融入大自然中，

但王昌龄依旧被这青春活力的欢乐情绪感染了……

作者

王昌龄（？—756），字少伯，生活在盛唐时期。他早年家境贫困，以种地为生，而立之年才中进士。他擅长写七绝，被称作“七绝圣手”。在诸多作品中，边塞诗最为有名。

罗

“罗”是一种丝织品，常被用来制作夏衣。其又轻又薄，透气性好。“罗裙”一般泛指妇女衣裙，“绫罗绸缎”泛指精美昂贵的丝织物。

写作小技巧

这首诗是用荷叶与罗裙一样绿、荷花与脸庞一样红、不见人影却闻歌声等手法衬托少女的美丽。尤其是“裁”字用得很妙，罗裙是裁出来的，荷叶仿佛也是被大自然裁剪而成，令人读来只觉妙趣横生。

过[①]故人庄

唐 · 孟浩然

故人具[②]鸡黍[③]，邀我至田家。
绿树村边合[④]，青山郭外斜。
开轩面场圃[⑤]，把酒话桑麻。
待到重阳日，还[⑥]来就菊花[⑦]。

注音注释

① 过：拜访。

② 具：准备，置办。

③ 鸡黍（shǔ）：指农家待客的丰盛饭食（字面意思指鸡和黄米饭）。

④ 合：环绕。

⑤ 场圃：场，打谷场、稻场；圃，菜园。

⑥ 还（huán）：返，来。

⑦ 就菊花：指饮菊花酒，也是赏菊的意思。

原文翻译

老朋友准备了丰盛的饭菜，把我邀请到他的农庄。绿树环绕着村庄自由生长，青山横斜在城郭之外。推开窗户面对谷场菜园，端起酒杯谈论收成情况。等到重阳节到来时，我还要来这里赏菊花、品美酒。

来日还要来一场约会

清晨，孟浩然走出家门，深吸了一口新鲜空气，感受着晨曦的轻柔与温暖。他热爱田园风光，隐居鹿门山也有一段日子了。最近，老朋友好几次邀请他去做客，盛情不可辜负，今日阳光甚好，正是动身赴约的好时候。

走在山间小路上，孟浩然欣赏着路边的景色，不知不觉已来到了一处村庄。只见村庄被繁盛茂密的高树环绕着，仿佛世间一切尘埃都被一片片碧绿的云隔绝在外，环境显得格外清幽。放眼望去，远处的高山横斜，视野十分开阔，这种既幽静又不封闭的感觉真是妙不可言！

孟浩然来到朋友家里，朋友早就准备好了一桌丰盛的佳肴，闻着扑鼻而来的饭菜香，肚子先不争气地“咕咕”叫了起来。朋友拉着他坐在桌旁，拿出了珍藏的酒，热情地说：“一路走来，你一定饿了吧？快吃吧！”

随后，朋友打开了窗户，外面是开阔的谷场和生机勃勃的菜园，风裹着淡淡的泥土香调皮地钻进了室内，令人神清气爽。两个人推杯换盏，一边吃着可口的佳肴，一边聊着今年的农事，间或开怀大笑，真是痛快。

不知不觉，两人都有些醉了。孟浩然感慨万千，举起酒杯对朋友说：“隐居在这深山老林里，还好有你这个朋友做伴。”朋友与他碰了一下杯说：“有时间，我们还得坐在一起多聊聊，你一定还要再来呀！”

孟浩然被朋友的热情感动了，他将酒杯里的酒一饮而尽，说道：

“等到重阳日那天，我还会来找你一起赏菊饮酒。或者你到我家里来，我备好美酒佳肴等你！”两个人哈哈大笑，畅想着来日的一场约会，心中满怀期待……

黍

黍是一种粮食作物，又叫黄米，算是古代粮食中的上等品。在商代甲骨文中，“黍”字就像是一株散开穗的成熟的黍，是不是很有趣呢？

写作小技巧

在本诗中，绿树、青山、村舍、场圃、桑麻构成了一幅优美宁静的田园风景画，读起来十分和谐。写文章的时候，在特定的场合，就要描述适宜的内容（说适宜的话），比如在乡间谈论繁华的城市生活，既不符合两人的身份，也会让文章的意境大打折扣。

鹿柴[①]

唐 · 王维

空山不见人，但[②]闻人语响。
返景[③]入深林，复照青苔上。

注音注释

① 鹿柴（zhài）：辋川别墅的胜景之一，在今陕西省蓝田县西南。柴，有篱笆的村墅。

② 但：只。

③ 返景（jǐng）：反照的夕阳。

原文翻译

山谷幽静，看不见人的踪迹，只传来人说话的声音。日光照入深林，又反照在幽暗处的青苔上。

深林空谷足音的禅意

深山空寂清静，罕有人迹，王维身处此地，远离世间喧嚣，心境一片平静。瑟瑟风声、潺潺水响、啾啾鸟语、唧唧虫鸣，此时此刻仿佛都消失不见，王维只听得到自己的呼吸声与心跳声。

其实，山林中也并非只有王维一人。从深林中传来的一阵人语声，似乎就在附近。他前后左右环视寻觅，却又见不到一个人影，更让他感受到山谷的空与寂。

这里的树木茂盛地生长着，碧绿的枝叶层层叠叠，几乎要覆盖整个天空。深林幽暗，而树下的青苔在树荫之下细细密密地生长着，这是属于它们肆意成长的空间。日光斜斜地射入深林，照射在青苔上，斑斑驳驳的树影轻轻摇动，一小片光影为整片深林带来了一丝生气。

王维是诗人、画家，又是音乐家，所以他对声的感悟、对光的把握让他对这深山独特的景色有了不一样的体验。这种不被人轻易觉察到的“有声”的静寂、“有光”的幽暗，全都被他捕捉到心中去了。王维闭上眼睛感受着大自然的馈赠，提笔写下了这首流传千古的《鹿柴》。

王维诗歌中的禅宗

隋唐时期，佛教在中国的发展达到顶峰，禅宗对于王维的影响很大。政治上的失意让王维退隐山林，爱上了闲适自然的田园生活。他将禅宗思想融入山水田园诗歌的创作中，真正做到了“诗中有画，画中有诗”，留下了许多经典的诗篇。

写作小技巧

反衬是利用与主要形象相反、相异的次要形象，从反面衬托主要形象，从而更加鲜明地表现主题的手法。本诗第一、二句以有声反衬空寂，第三、四句以光亮反衬幽暗，更营造出了空灵寂静的意境。

江南春

唐 · 杜牧

千里莺啼绿映红，水村山郭①酒旗风。
南朝②四百八十寺③，多少楼台烟雨中。

注音注释

① 郭：外城。

② 南朝：公元 420—589 年先后建都于建康的宋、齐、梁、陈四个朝代的总称。

③ 四百八十寺：虚指，形容寺庙很多。

原文翻译

江南到处都是鸟鸣声，绿树映衬着红花，临水依山的城郭中，酒旗在迎风飘动。南朝遗留下了许多座古寺，如今无数亭台楼阁矗立在这烟雨之中。

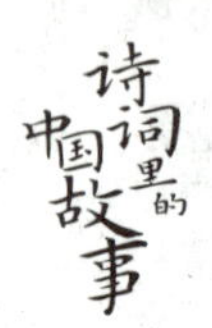

江南春日酒旗飘

已是春日，天气回暖，千里江南，到处莺歌燕舞、桃红柳绿，一派春意盎然的热闹景象。

无论在临水的村庄，还是依山的城郭，到处都悬挂着酒旗。风儿吹过，酒旗迎风招展，远远看上去鲜艳夺目，尽情展现出江南村庄别具一格的特色。

天空下起了蒙蒙细雨，整个江南都笼罩在烟雨之中，宛若仙境一般。杜牧站在山上看着隐隐约约的寺庙，思绪不由得回到了南朝时期。宋、齐、梁、陈四个朝代，都建都于建康（今江苏省南京市），那时佛教非常盛行，皇帝热衷于修建寺庙，到头来不仅没有求得长生，反而误国害民，如今多少寺庙楼台隐没在这烟雨之中了呢？

回看今朝，杜牧有些担忧，虽然眼前风光大好，可藩镇割据、宦官专权、牛李党争……早就挖空了大唐朝。而唐宪宗当政后，醉心于自己的那点儿成就，便做起了长生不老的春秋大梦。韩愈上《谏佛骨表》劝谏，还险些丢了性命。宪宗被太监杀死后，后继的穆宗、敬宗、文宗照例提倡佛教，大大削弱了朝廷的实力，加重了国家的负担。

杜牧看到这江南的山村美景，回望历史种种，内心无比感慨：历史发展、朝代更替都是必然的，谁都不知道历史的步伐会迈向何方，不知道国家的命运会是如何。唯一能做的只有珍惜眼前这大好的风光，过好眼下的每时每刻了。

江南水乡古镇

水乡最具特色的是小桥流水人家，人们临水而居，家家户户都有“码头”。水乡古镇是江南地区标志性建筑群，其历史源远流长，文化底蕴深厚。著名的古镇包括乌镇、西塘、周庄等。

酒旗

酒旗，亦称酒望、酒帘、青旗、锦旆。古代的酒店在酒旗上署上店家字号，挂在店铺屋顶上，或者立杆使之随风飘扬，以达到招徕顾客的目的，作用大致相当于现在的广告牌、霓虹灯之类。

写作小技巧

中国地大物博，自然风光和人文景观都有不同的特色，在描写的时候要抓住最突出的亮点。比如本诗中，水村、山郭、酒旗由大到小，突出了“村”和“郭”依山傍水的江南独有的建筑特色。

童孙未解供耕织，也傍桑阴学种瓜

江畔独步寻花·其六

唐·杜甫

黄四娘[①]家花满蹊[②]，千朵万朵压枝低。
留连[③]戏蝶时时舞，自在娇莺恰恰啼。

注音注释

① 黄四娘：杜甫住在成都草堂时的邻居。

② 蹊（xī）：小路。

③ 留连：舍不得离去。

原文翻译

黄四娘家周围的小路开满鲜花，万千花朵压弯了枝条贴向地面。彩蝶在花间飞舞不舍得离去，自由的黄莺不停地发出悦耳动听的叫声。

黄四娘家花满蹊

唐上元元年（760），杜甫在饱经战争之苦、颠沛流离之后，来到成都西郊浣花溪畔，建成草堂，有了安身之所，生活终于暂时得以平静。

春天不知不觉地到来，这一天，风和日丽，杜甫到锦江江畔散步，突然看到邻居黄四娘家门前的花已经灿烂盛开。那些花，有的还是花骨朵，像小婴儿在静静地睡觉；有的含苞欲放，正好奇地探个小脑袋看着这个新奇的世界；有的刚刚盛开，向世界展现着灿烂的笑容。花朵争奇斗艳，长满花朵的枝条被压得低垂下来，有的甚至都要贴近地面。

满枝的花朵在微风的吹拂下微微颤动，散发出阵阵清香。沁人心脾的花香引来了一只只彩蝶。它们时而停留在花蕊上，感受花儿的甜美；时而扇动着五彩斑斓的翅膀翩翩起舞，在半空中划出一条又一条美丽的弧线，翅膀闪耀着太阳的光辉，像云锦一般光彩四溢。

杜甫停下脚步静静地欣赏着，沉浸在这春日美景中无法自拔。突然，路边的树上传来几声黄莺清脆响亮的叫声，像是在婉转地唱着歌儿，唤醒了沉醉的杜甫。他向树上望去，只见黄莺晃动着机灵的小脑袋在树枝上跳来跳去，真是活泼可爱。

春意盎然，莺歌蝶舞，在这美好的春日盛景中，杜甫的心情也像这簇簇开放的花儿一般灿烂，他早已徜徉在大自然中，忘记了一切忧愁和烦恼。

古诗词中的“蝶”

在中国文化中，蝴蝶作为特殊的意象，频频进入诗人的作品中。诗人常通过描写蝴蝶表达对自由、真挚爱情的向往与追求，或借以抒发人生的苦闷、迷茫、失落、感伤，表达对时光短暂的哀叹。

写作小技巧

诗歌、文章在语言上也要注意音乐美。本诗中，第三、四句中的象声词与叠字的运用很妙，“恰恰”为象声词，形容娇莺的叫声，“时时”“恰恰”为叠字，读起来朗朗上口，极富韵律，表达出由衷的快乐。

题破山寺后禅院

唐 · 常建

清晨入古寺，初日照高林。
曲径通幽处，禅房①花木深。
山光悦②鸟性，潭影空③人心。
万籁④此都寂，但余钟磬音⑤。

注音注释

① 禅房：僧人居住的地方。

② 悦：使……高兴。

③ 空：使……空。

④ 万籁（lài）：各种声音。

⑤ 钟磬音：指钟、磬之声。寺院诵经，敲钟开始，敲磬停止。

原文翻译

清晨时分进入古老的寺院，初升的太阳照着山上的树林。曲折的小路通向幽深的地方，禅房周围花木丛茂盛缤纷。山中风光明媚，使飞鸟无比愉悦；潭水空明清澈，令人静心凝神。此时此刻，万物静默，只留下寺院敲钟击磬的声音。

禅钟静人心

清晨，天空刚浮出一丝鱼肚白，常建便踏着山路来到破山寺。太阳渐渐露出了笑脸，把灿烂的光辉洒向寺庙，每一个角落都充满着明亮的光，葱茏的树木也苏醒了，向着天空伸展着自己繁茂的枝叶。空气十分清新，常建深深地吸了一口新鲜空气，继续沿着小路漫步。

禅院的小路弯曲幽深，不知道路的尽头会是什么美好的风光，这吸引着常建要走过去一探究竟。只见树木高耸，花儿绚烂盛开，散发出幽幽的香气，在花木掩映之处，便是那禅房了。这里花木繁茂，也是人人向往和追求的自然之美啊。

太阳越升越高，空气中充满着温暖的气息，修长挺拔的翠竹沐浴在阳光之中，吸引了一群群鸟儿停留在枝上，有的在细心地梳理着羽毛，有的在放开歌喉高声鸣唱。禅房前面清澈见底的水潭就像一面光滑的镜子，将蓝天、白云和花草树木倒映其中，美丽的景象令人心旷神怡。常建心想：也只有面对着清澈的潭水，才能感受到洁净空明的世界。若是人能够像鸟儿一样远离闹市，回归自然，逍遥自在地展翅高飞，那该有多好啊！

禅房游人罕至，周边十分安静。寺庙的钟声传来，悠扬且洪亮，这来自佛门圣地的世外之音，涤荡着常建的心灵，他不知不觉地沉醉其中。

作者

常建（708—765），唐代诗人，于开元十五年（727）高中进士。做官后仕途不顺，便寄情于山水之间，后来曾在鄂渚隐居。

破山寺

破山寺，坐落于江苏省常熟市西北虞山上，初名为“大悲寺”，南朝梁大同五年（539）进行大面积的修建，更名为“福寿寺”。因为寺庙在破龙涧边，所以也被称为“破山寺”。

磬

磬，一种用石或玉制成的打击乐器，外形看起来像一把曲尺，可单独使用，也可成组使用。后来又特指寺庙中的法器，为和尚念经时敲打之用。

写作小技巧

“万籁此都寂，但余钟磬音”把全诗化为一曲余味悠长的乐章。周围的所有声音仿佛都消失了，悠扬而洪亮的钟磬音引导人们进入空灵纯净的境界。文章和诗歌以声音作结，更能为读者开拓想象的空间，令人感到余韵不绝如缕，回味无穷。

清明

唐 · 杜牧

清明时节雨纷纷，路上行人欲断魂[①]。
借问[②]酒家何处有？牧童遥指杏花村。

注音注释

① 欲断魂：形容哀伤等情绪极深。

② 借问：请问。

原文翻译

清明时节，细雨纷纷，路上的行人伤感得快要断魂了。询问当地人何处有酒家，牧童指了指远处的杏花村。

清明时节雨纷纷

不知不觉，又到清明时节，天气还有些冷。天空中淅淅沥沥地下起了小雨，像牛毛，像花针，又像柔柔的发丝。雨雾弥漫，像是轻薄的、飘浮的丝绸笼罩着大地上的一切。

春雨洒在遥远的山峰上，为山峰披上一层绿色的外衣，大地上的禾苗也沐浴着春雨，纷纷伸展着腰肢生长着。一到清明节，人们都走出来上坟扫墓、游玩观赏、踏青插柳。

然而，安史之乱让北方的经济“元气大伤”，到处一片荒凉萧条，一时难以恢复。对很多人来说，这样的情景令人心中滋味复杂。毕竟，不是所有人都能够家人团聚，感受这浓厚的节日气氛——有人孤身赶路，有人迷茫失意，还有人独自悼念亲属。一股忧伤的情绪弥漫在杜

牧心头，偏偏又赶上这细雨纷纷、衣衫尽湿，心中怎能不感到难过和痛苦呢？

杜牧的衣服已经淋湿了，他感到冷冷的寒意，不由得加快了脚步，想要找到一个地方避避雨、歇歇脚，喝上几杯酒消散一下心头的愁绪。可他对这里不是特别熟悉，走了一段路，并没有发现可以避雨的地方。

这时候，一个牧童穿着蓑衣，戴着斗笠，骑着牛从远处而来。杜牧走上前去问道：“请问，这附近哪里有酒家呀？”牧童没有说话，只是伸出手指了指远处的杏花村。杜牧心中暗喜，他满怀期待能够坐在酒家里饮上一杯美酒，暖暖湿冷的身子，也慰藉一下失落的心灵。

清明

清明节，又称祭祖节、踏青节、三月节，时间在每年阳历的 4 月 5 日左右。按照旧俗，人们要在清明节为先辈扫墓，还会踏青、插柳。此外，在这一天，宫中的妃嫔们还会玩秋千解闷，因此清明节也被称为“秋千节”。

写作小技巧

作者看似在描写春雨纷纷，其实在指愁绪纷纷。寓情于景、情景交融正是我国古典诗歌里的一种绝艺、一种胜境，也是我们写作中常用的抒情方法。

寻隐者[1]不遇[2]

唐·贾岛

松下问童子[3]，言师采药去。
只在此山中，云深不知处。

注音注释

① 隐者：隐士，常常居住在山林中。

② 不遇：没有遇到，没有见到。

③ 童子：未成年人，小孩，隐者的弟子或学生。

原文翻译

在苍松下询问学童，他说他的师傅去山中采药了。只知道就在这座大山里，可山中云雾缭绕，不知道他的具体行踪。

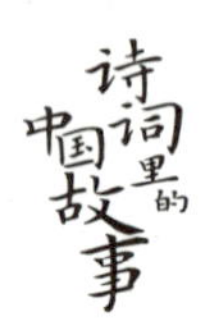

难寻山中采药人

山林绿得像翡翠一样，山谷像铺着绿色毯子，湿润的空气带来一种清新的感觉。贾岛走在林间小路上，抬头仰望森林，枝丫交错，伸展开来的叶子织成碧绿的云，阳光透过枝叶照到地上，留下斑驳的光点，令人心旷神怡。

身处繁华之地，贾岛感到身心疲惫，早就听说这里有一位真正的隐士，他便想到这超尘脱俗的地方拜访隐士，以求自己的心情能够放松和平静。

可他走了半天都没有遇到一个人，山路曲折，倒使他有些迷路。突然，他看到了一棵巨大的松树，活像一把张开的绿绒大伞，一个童子在松树下坐着休息。想必，这就是那位隐士的弟子了吧？

贾岛走过去，恭恭敬敬地问道：“请问你师傅到哪里去了？”

弟子回答说：“师傅一大早就去山中采药了！”

贾岛心中十分高兴，这位隐士果然就在山中，既然找到了他的弟子，应该很快就能够见到他了。他又满怀希望地问：“那你知道他具体在哪里采药吗？”

童子却摇摇头说：“他肯定就在这座大山里，可是这里的树林太茂密了，山路也比较复杂，再加上云雾缭绕的，我也不知道他具体在哪里。”

贾岛一听，心中惘然若失，看来，今天有可能见不到这位高人了。

他抬头望着悠悠白云、郁郁青松，心中感慨道：这位隐士的情操就像白云一样高洁，风骨就像苍松一样挺拔，真是让人倾慕。即使今天见不到他，总有一天，我一定会再来拜访他的。

作者

贾岛（779—843），字阆仙，唐代诗人。早年出家为僧，自号“碣石山人”。还俗后多次参加科举考试，但都以失败而告终。在唐文宗时期，他在官场上受到排挤，被贬为长江主簿。

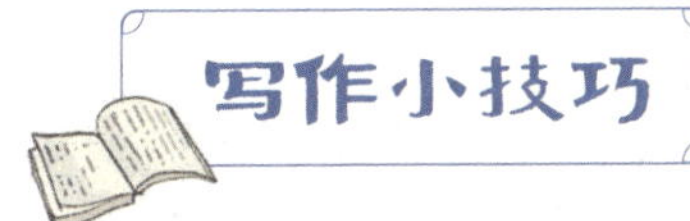

本诗包含三番答问，逐层深入，从心情轻松到失望，再萌生希望，最后怅然若失。写作中，表达感情时要有起有伏，这会更加耐人寻味。

游山西村

宋·陆游

莫笑农家腊酒浑，丰年留客足鸡豚[①]。
山重水复疑无路，柳暗花明又一村。
箫鼓[②]追随春社近，衣冠简朴古风存。
从今若许[③]闲乘月，拄杖无时[④]夜叩门。

注音注释

① 足鸡豚（tún）：准备了丰盛的菜肴。豚，小猪，代指猪肉。

② 箫鼓：吹箫打鼓。

③ 若许：如果这样。

④ 无时：没有固定的时间，即随时。

原文翻译

不要笑农家腊月里酿的酒浑浊，丰收的年景农家待客的菜肴非常丰盛。山重水复，正担心无路可走，忽然柳绿花艳间又出现一座村庄。社日将近，一路上都是迎神的箫鼓声，人们衣冠简朴，依旧保留着古代风俗。今后如果还能乘大好月色外出闲游，我随时会拄着拐杖来敲农户的家门。

乐游山西村

宋孝宗乾道三年（1167）初春，陆游罢官闲居在家。但他并不心灰意冷，反而沉浸在悠闲自在的农村生活中，感受着淳朴的乡土人情，寻找着生活的希望与光明。

这天，他打算到村庄闲游。到了一处农家，只见到处都是一派丰收的景象。说明来意后，主人非常热情地拿出自家酿的酒，有些不好意思地说：“这腊月里酿的酒有些浑浊，不够醇厚，不知道你喝不喝得惯？”

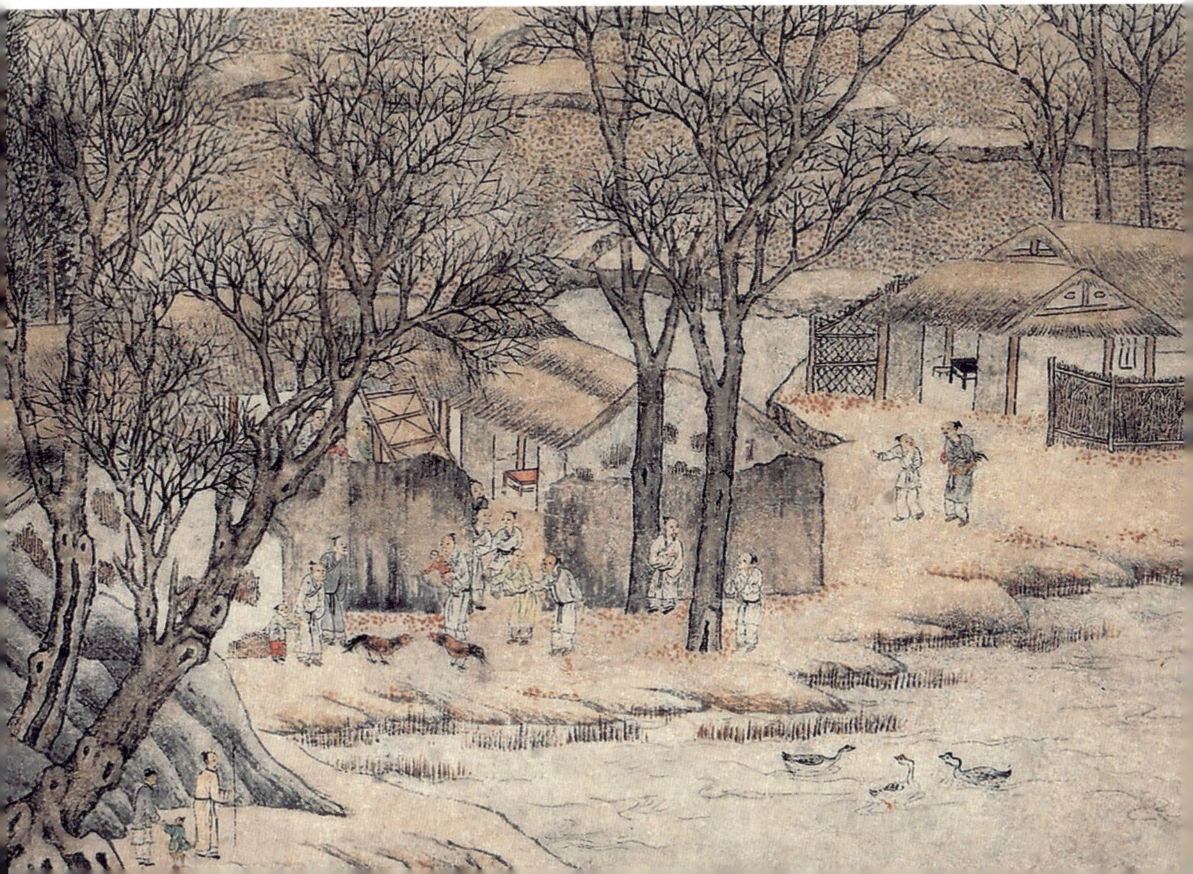

陆游笑着摆摆手说:“这是哪儿的话，太客气了！”主人又端上肉和菜招待他，看着主人家憨厚淳朴的笑容，陆游的心中甚是感动。

酒足饭饱后，陆游又在村外悠闲地散着步。这里山清水秀，微风拂过，传来阵阵花香，陆游沉醉其中，不知不觉便走到了一片树林面前。

前方草木茂盛，导致蜿蜒的山径难以辨认，他试着探寻前行的道路，突然看到前方花木扶疏之间，掩映着几间农家的茅草屋——那又是一个村庄。陆游心中暗喜：这不正像曲折漫长的人生道路吗？有时候觉得前方没有道路，不抱任何希望了，却又在迷茫之时，忽又变得豁然开朗！之前，陆游担任隆兴府（今江西省南昌市一带）通判，因为支持抗金将帅张浚北伐，遭到主和投降派的打击，最终被罢官。自己虽然被弹劾，心中愤愤不平，但只要满怀信心，发现生活独特的美，未来定会充满无限的希望，总有一天会否极泰来！

社日将近，一路上迎神的箫鼓声随处可闻，传递着人们对丰收的期待。大家穿着简朴的服装，陆游不禁为这古老的乡土风俗而感慨。

不知不觉，陆游已经游玩了一整天，夜幕降临，月亮悄悄升起，村庄的喧闹声渐渐消失，陷入了一片静谧之中。陆游有些不舍，今后，真希望能经常拄着拐杖、沐浴着月光，同农家的主人把酒言欢、畅谈人生！

作者

陆游（1125—1210），字务观，号放翁，南宋文学家、史学家。宋高宗时，因与秦桧不和遭受排挤，处处碰壁。宋孝宗时赐进士出身。中年入蜀，开启了军旅生活。

春社

从宋代起，人们将立春后的第五个戊日定为“社日”。在这一天，人们会祭祀灶神，以祈求一个丰收年。此外，人们还会参加分肉、饮酒、赛会、妇女停针线等活动，度过这个传统民俗节日。

写作小技巧

“山重水复疑无路，柳暗花明又一村”蕴含哲理，指在遇到困难之时，不要丧失信心，也许会突然发现解决问题的办法。示例：这些数学题想了好久都没有思路，经过老师的点拨，全部的疑问迎刃而解，真是“山重水复疑无路，柳暗花明又一村”啊！

四时田园杂兴·其三十一

宋·范成大

昼出耘田①夜绩麻②，村庄儿女各当家。
童孙未解供③耕织，也傍④桑阴学种瓜。

注音注释

① 耘田：在田间除草。

② 绩麻：把麻搓成线。

③ 供：从事，参加。

④ 傍：靠近。

原文翻译

白天在田间除草，夜晚在家中搓麻线，村中男女各有分工。小孩子虽然不懂耕田织布，但也在桑树荫下学习种瓜。

孩童也要学种瓜

夏天一到，乡村也变得热闹起来。田埂上站满了插秧的人，大家挽起裤腿，捋起衣袖，挑着稻秧走到田里开始插秧。嫩绿的秧苗一行行竖了起来，整齐匀称。

这项工作完成之后，仍不能有一丝松懈，因为杂草会在不经意之间探出头来，与水稻争夺营养。男人们还要陆续进行除草工作，他们的汗水浇灌着每一寸土地，也浇灌着丰收的梦想。

而妇女们也忙得热火朝天，在白天忙完了家务后，晚上就坐下来搓麻线，再用灵巧的双手织成布匹。虽然十分辛苦，可大家各自“当家”、各司其事，为了幸福的生活共同努力，也不失生活的乐趣。

孩子们虽然没有足够的体力耕地，也没有本领织布，但他们看到父

母辛辛苦苦地劳作，心里不是个滋味。于是就决定在枝叶繁茂的桑树下学习种瓜。他们从小耳濡目染，学得有模有样：先挖一个坑，再把瓜子放在坑里，最后盖上泥土，浇上水，颇有大人种瓜的样子。没过多久，他们便累得一屁股坐在地上，大口大口地喝起水来。

沃土千里，阡陌交错，炊烟袅袅，精耕细作，男耕女织的田园生活多么令人向往！那一份宁静恬淡，那一份与世无争，又是多么可贵和美好！

百科小贴士

作者

范成大（1126—1193），字致能，号石湖居士，南宋诗人。其诗词浅显易懂，风格清新，取材范围广泛，最有名的便是描述农村社会生活的作品。

写作小技巧

本诗没有华丽的辞藻，而是用清新的笔调细腻地刻画了农村初夏时紧张的劳动气氛，真实而不失情趣。有时候，朴实无华的语言更贴近生活，打动人心。

清平乐[①]·村居

宋·辛弃疾

茅檐低小，溪上青青草。
醉里吴音[②]相媚好[③]，白发谁家翁媪[④]？
大儿锄豆溪东，中儿正织鸡笼。
最喜小儿亡赖[⑤]，溪头卧剥莲蓬。

注音注释

① 清平乐（yuè）：词牌名。

② 吴音：吴地的方言。

③ 相媚好：指相互逗趣，取乐。

④ 翁媪（ǎo）：老翁、老妇。

⑤ 亡（wú）赖：亡，通“无”。这里指小孩顽皮、淘气。

原文翻译

茅草屋檐又低又小，溪边长满了青草。有人在用含有醉意的吴地方言逗趣，听起来十分美好，那满头白发的是谁家的老翁、老妇？

大儿子在小溪东边的豆田锄草，二儿子正在家里编织鸡笼。最喜欢的顽皮的小儿子，正横卧在溪头剥着莲蓬。

溪上青青草

小溪流水淙淙，蜿蜒地向远方流去，溪边的青草受到滋润，长得茂盛丰美，像是给大地铺上了绒绒的绿毯。不远处坐落着一所低矮的茅草屋，虽然有些旧了，但里里外外都被勤劳的主人收拾得十分整洁。

一对白发苍苍的老翁和老妇正坐在门外休息，他们一边喝着小酒，一边用吴地方言聊着天。虽然外人有些听不明白，但可以听出他们话里话外都在打趣逗乐，两人时常哈哈大笑，画面非常温暖惬意。

大儿子年轻力壮，正在小溪东边的豆田里奋力除草，虽然累得满头大汗，但充满着干劲儿；二儿子年纪稍小，在家里专心致志地编织着鸡笼；而最小的孩子不谙世事，正横躺在溪头剥着新采摘的莲蓬，时不时地将莲子往嘴里塞，模样十分可爱。

辛弃疾看着这一派和谐温馨的乡村风光，内心十分触动。他出生时，中原已为金兵所占，年轻时心怀豪情壮志，二十一岁时参加抗金义军，不久回归南宋。历任湖北、江西、湖南、福建、浙东安抚使等职，一生力主抗金。可到了晚年，由于他的抗金主张与当政的主和派政见不合，遭受其排斥和打击，只得归隐田园。

农村平和宁静的生活渐渐治愈了他。此时此刻，看着眼前的田园风光，辛弃疾的内心感到一片轻松。但他依旧非常期待有朝一日自己还能为国效力，能够有幸看到国家到处都是如此和平的美好景象。

吴侬软语

“吴侬软语”，一般用于形容苏州一带的方言软糯婉转、轻清柔美。

写作小技巧

本诗在描写三个儿子不同情态之时，重点写了无忧无虑、天真无邪的小儿子，详略得当。写作中需要提炼重点，对于有特色、有亮点的地方进行详细刻画，平常的地方简略描写，甚至可以不写。

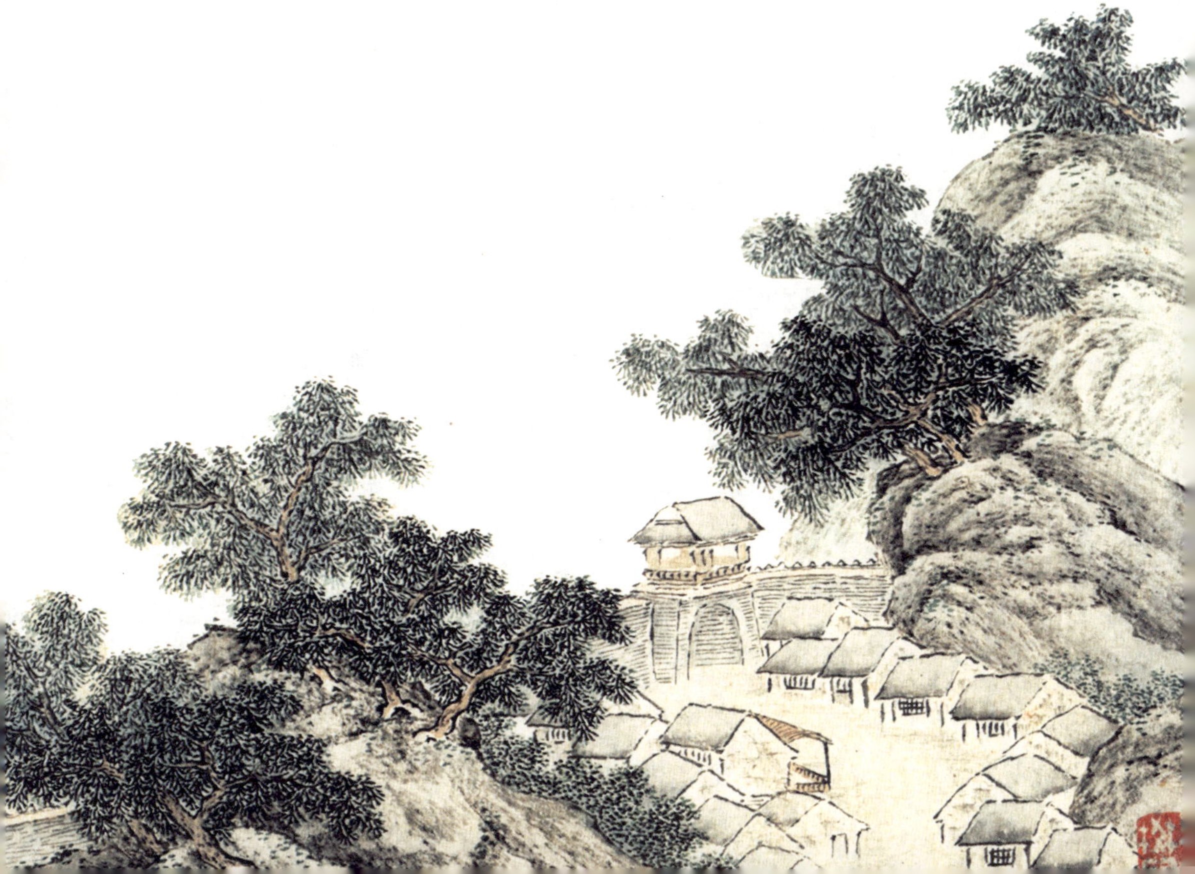

村晚

宋 · 雷震

草满池塘水满陂①，山衔②落日浸寒漪③。
牧童归去横牛背，短笛无腔④信口⑤吹。

注音注释

① 陂（bēi）：池塘。

② 衔：这里指太阳西沉，挂在半山腰上，看起来像被山衔住了。

③ 漪（yī）：水波。

④ 腔：曲调。

⑤ 信口：随口。

原文翻译

青草遍地，池塘水面与岸齐平，山像是衔着落日，倒映在水中的波纹里。牧童横坐在牛背上，用短笛随意吹奏着不成调的乐曲。

山村的傍晚

连日来雨水充足，池塘里的水涨得满满的，岸边的青草得到了雨水的滋润，快速生长。青草最底下一层是墨绿，上面是深绿，最后是嫩绿，一层又一层，层次分明，随着地形连绵起伏，直达天际，像是给大地铺上了一层层厚厚的绒毯。

太阳快要落山了，红红的火球正悬挂在半山腰，好像要被山张开的大嘴吞没了一样，红色的霞光倒映在冰凉的池水中，泛着粼粼的波光。当太阳快沉没的时候，天空中的色彩快速变幻，淡蓝中夹杂着红色、金色、紫色，绚丽多姿的晚霞真是太美丽了。

一个调皮可爱、天真活泼的牧童放牛归来，他随意横坐在牛背上，任由老牛慢吞吞地向家中走去。他拿着短笛放在嘴边，随便吹奏着不成调子的乐曲，一个个零落的音符在宁静的野外显得格外响亮。

在诗人耳中，这曲调是那样优美。尘世喧嚣，各种烦恼铺天盖地地涌来，让人身心俱疲，而牧童这种无忧无虑、悠闲自在的情致是多么

难得啊！他看着牧童优哉游哉的背影，听着随意吹出的曲调，深深沉浸在这世外桃源般的景象中了。

作者

雷震，宋朝人，生平不详。一说是眉州（今四川省眉山市）人，宋宁宗嘉定年间进士。又有说是南昌（今属江西省）人，宋度宗咸淳元年（1265）进士。其诗见《宋诗纪事》卷七十四。

古代牛的地位

中国古代以农业为主，人力和畜力是主要的劳动力。在古人心中，牛任劳任怨、勤勤恳恳、默默奉献，应该得到尊重。很多朝代都对牛有特殊的法律保护，比如禁止无缘无故屠杀生牛等。

写作小技巧

将物赋予人的情态，会让景物描写更加具有灵气。比如诗中“山衔落日浸寒漪”中的“衔”字拟人味就很浓，生动形象地描绘出了远山落日的美好景象。

浣溪沙·游蕲水[1]清泉寺

宋·苏轼

游蕲水清泉寺，寺临兰溪，溪水西流。

山下兰芽短浸[2]溪，松间沙路净无泥，潇潇暮雨子规啼。

谁道人生无再少[3]？门前流水尚能西！休将白发唱黄鸡[4]。

注音注释

① 蕲（qí）水：在今湖北省浠水县一带。

② 浸：浸泡在水中。

③ 无再少：不能再回到少年时代。

④ 唱黄鸡：悲叹时光的流逝。因黄鸡可以报晓，用以表示时光的流逝。

原文翻译

去蕲水的清泉寺游玩，寺庙在兰溪的旁边，溪水向西流淌。

山脚下的兰草新芽浸润在溪水中，松林间的沙路十分干净，傍晚时分下起了细雨，杜鹃不停地鸣叫。

谁说人生就不能再回到少年时期？门前的溪水都还能向西流淌呢！不要在老年感叹时光的飞逝啊！

谁道人生无再少？

清泉寺的风光真是优雅秀丽！这是苏轼刚到清泉寺时的第一感受。

一条小溪潺潺地向远方流去，清澈的溪水泛着活泼的浪花不停地冲刷着两岸的泥土，滋润着岸边的兰草。兰草仿佛听到了溪流的召唤，娇嫩的幼芽正生机勃勃地萌发出来，好像刚出生的婴儿一般看着这个美好的世界。

旁边的松木苍翠挺拔，林间的沙路上干净无尘，这可真是个散步的好地方。苏轼一边走，一边想起了那个重大的打击——乌台诗案。由于苏轼与变法派政见不合，被人弹劾入狱，险些丢了性命，最终被贬到黄州担任团练副使，才来到了这里。不过，这个地方风景优美，环境幽雅，没有尘世的喧嚣和官场的污秽，苏轼感到心情十分愉悦，整个人都放松下来。

傍晚，细雨潇潇，寺庙外传来了布谷鸟的叫声。苏轼徜徉林间，呼吸着清新的空气，看着那奔流不止的溪水，他的心中萌发出无限的感慨。

都说“百川东到海，何时复西归”，江水东流不回，就像人的青春只有一次、人不可能返老还童一样，但眼前的小溪却能向西流淌。其实，人同样应保持年轻、乐观的心态，以此过好每一分、每一秒，热爱生活、珍惜时间，让自己的人生过得更加精彩。只有这样，才能不辜负这大好时光！

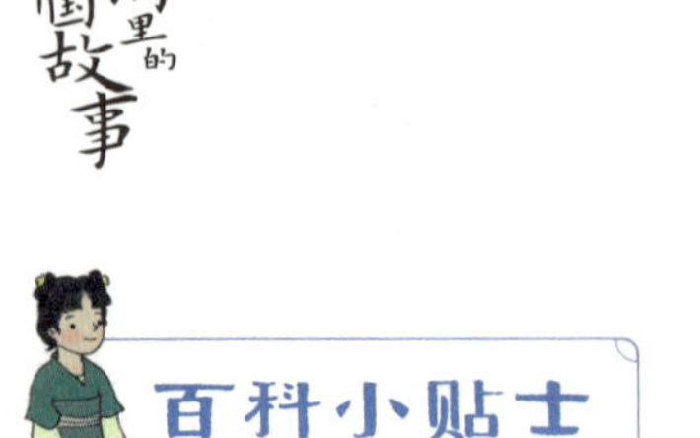

百科小贴士

乌台诗案

“乌台”即御史台。苏轼做地方官时，为人民做了不少好事，灭蝗灾、筑堤防水、修浚运河、建桥等。有些小人害怕苏轼被朝廷重新重用，便弹劾苏轼，说苏轼到湖州上任时写的《谢上表》中“知其愚不识时，难以追陪新进；察其老不生事，或能牧养小民”用暗语讥刺朝廷，随后又牵连出大量苏轼诗文为证。但苏轼最终被轻判，贬到黄州。

写作小技巧

“休将白发唱黄鸡”，可被引用到有关“珍惜时间”主题的作文中。相关的名句还有“少壮不努力，老大徒伤悲”“一寸光阴一寸金，寸金难买寸光阴”等。

如梦令·常记溪亭[①]日暮

宋·李清照

常记溪亭日暮，沉醉不知归路。兴尽[②]晚回舟，
误入藕花[③]深处。争渡[④]，争渡，惊起一滩鸥鹭。

注音注释

① 溪亭：溪边的亭子。

② 兴尽：尽了兴致。

③ 藕花：荷花。

④ 争渡：奋力把船划出去。

原文翻译

时常记起在溪边亭中游玩到太阳落山，沉迷在优美的景色中忘记了回家的路。尽兴了才乘舟返回，却不小心进入藕花深处。奋力划船，奋力划船！划船声惊起了一群鸥鹭。

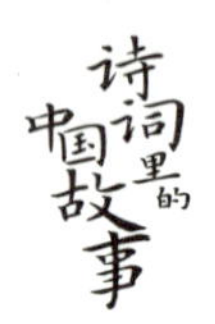

惊起一滩鸥鹭

阳光明媚，微风和煦，李清照划着船来到溪边亭郊游。李清照出生于士大夫家庭，父亲进士出身，官至提点刑狱、礼部员外郎，她的生活自然无忧无虑。更难得的是，她的父亲思想开明，善于培养李清照的兴趣爱好，即使她尽情疯玩，也不会多加责备。

湖中一株株出淤泥而不染的荷花亭亭玉立、竞相开放，粉的、白的、浅红的、鹅黄的，真是千姿百态、色彩绚丽。荷花周围是层层叠叠的荷叶，有的浮在水面上，好像翡翠雕的绿盘，有的卷着卷儿高高挺立，犹如亭亭玉立的少女张开的舞裙，轻轻拍着水面，泛起阵阵涟漪。

哪个女子不爱这美丽的荷花呢！李清照坐下来，倒了一杯美酒，一边小酌，一边痴痴地欣赏着荷花。只见水波荡漾，荷叶摇曳，李清照有些醉了，不知道是饮多了美酒，还是为这景色所深深陶醉。

不知不觉，已是日落时分，李清照才掉转船头往回走。可是天色已晚，加之喝了点儿酒，她眼前有些朦胧，不小心把船划到了一片荷花丛中，怎么都动弹不得。

李清照的心中又急又慌，连连划动船桨，想要寻找回家的路。突然，“呼啦啦”一片声响吓了她一大跳，原来是划船的声音惊飞了一群水鸟。这下，她有些清醒了，最终小心翼翼地把船划出了荷塘，优哉游哉地回家去了。

多年以后，李清照每每想起这次郊游，都觉得十分有趣。这段少女时期的时光，成了她脑海中美好的记忆。

作者

李清照（1084—约 1151），号易安居士，宋代词人，婉约词派代表，有“千古第一才女”之称。在人生的不同阶段，所作之词基调不同：前期作品多描述悠闲自在的生活状态，后期则是以悲叹身世为主。

写作小技巧

作者在词中不是写她如何去、如何到家、在那里怎么玩，而是重点截取了醉归途中，误入荷花深处、惊飞水鸟的有趣情节，由此使得这次事件显得难以忘怀。记叙文的描写尤其要注重详略得当，选取最有代表性、最重要的特色“镜头”，才不会写成“流水账”。